诗收获

2021年夏之卷

李少君
雷平阳
主　编

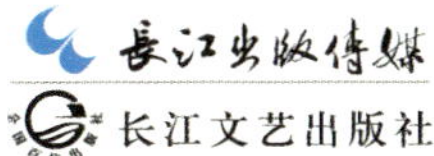

长江文艺出版社

诗收获

2021年/春之卷

编委会

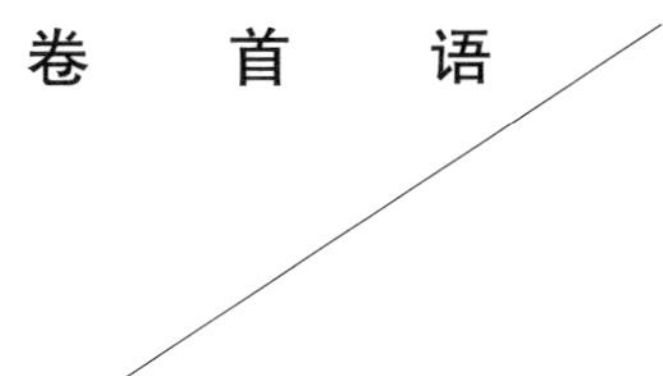

卷 首 语

写作正在简单地形成两股洪流：之一是作者坐在世界的书橱下，虚构，始终于语言，以个体思想体置换一切；之二是作者戴上形形色色但又大面积雷同的面具，来到现实中并成为现实不可靠的一部分，观念、语言、美学均有意或无意地贴着复制与趋同的标签。

两股洪流中众多的写作者，只有在单独的研讨会上或与之单独遇上，因为阅历与神态的区别，你才能认出他们，找出他们与众不同的地方。如果把作品的作者名字和作品标题拿掉，所有的作品放在一起，你真的很难查找到它们的主人。就像汪洋，分辨不出来自不同河流的水。我们现在辩识作品，往往是通过题材、地理标识、系列性的标题和某种有一定辨识度的“风格”，而非创造性、思想性和美学向度，这令人轻松也令人不安。

最近我写了一首小诗，传达这样的认识：现实的存在因为人们的出走而成为一种象征，所谓故乡乃是废弃的瞭望台，乃是建在沙漠中的水电站，使用着与我们相同的时间，又不在时间之内。

2021.7.22 昆明

诗收获

2021年夏之卷

目录

季度诗人

组章

诗集诗选

域外

中国诗歌网作品精选

评论与随笔

季度观察

孙磊《山禽》

纸本岩彩

55cm × 98cm

2014

季度诗人

路也诗选

路也，现为济南大学文学院教授。已出版诗集、散文随笔集、中短篇小说集、长篇小说和文学评论集等二十余部。现主要从事诗歌和散文的创作，兼及创意写作、中西诗歌比较、编辑出版等方向的研究。

长天

我的窗前，不是一个画框
而是一整个的长天
无论灰蒙还是晴朗
都朝横向扩展，也朝纵向延伸
太阳教导一棵泡桐，让它在春天穿上灯芯绒
这些全都衬着蔚蓝，像浮世绘
没错，我在屋里便拥有了长天
为了看到星星作乱，我同样也喜欢夜晚

迎春花

迎春花开在雪中，让大地不安
她对冬天突然插话，告诉对方去日无多
天地之间，有一种亮闪闪的悲伤
正是我想说却说不出来的

迎春花的发型柔弱而纷乱
红萼黄瓣的素馨，簪、钗、钿散落其中
她才不怕昏天地暗
地平线有雪崩，花丛中有旋风

天空中的辅音正让位于元音
迎春花是地面词典的索引
我的立场，既不在冬天也不在春天
只是蹲在门槛上独自黯然

晚归

在末班公交车

临窗而坐，靠过道的座位上
端坐一只南瓜
与我肩并肩
从山中往城里返
瓜蒂被拧断的那刻
它还在乡村屋顶做白日梦
与阳光交换意见
跟西风打了个平手
离开秧子之后，像失散多年的亲人
它被我搂抱在怀中
这个深秋的傍晚，山峦、溪流、森林、桥梁
正在放下它们的百叶窗
在命运的暮色里，我的心迢遥
这辆越来越空荡的公交车
正快速行驶
顺着盘山路下坡
仿佛从云端降落
我在胸中轻轻按压着制动器
身旁的南瓜，一声不吭
只是坚定地
陪伴着我

小山坡

下午三点钟，我仰卧在小山坡
阳光在我的上面、我的下面、我的左面、我的右面
我的前面、我的后面
阳光爱我

太阳开始偏西，我仰卧在小山坡
在我的上下左右前后，隔年的衰草柔软又干爽
这片冬末的茅草地如此欢喜

一个慵懒的人

我仰卧在山坡
坡度不大不小，刚好相当于内心的角度
比照某个诗句，把自己当成一只坛子
放在山东，放在一个山坡上

仰卧望天，清风、云朵、蓝天、喜鹊
一道喷气飞机拉出白色雾线
它们按姓氏笔画排列得那么有序
我还望见虚空，望见上帝坐在云端若隐若现

天已过午，人生过半
我独自静静地仰卧在郊外的茅草坡
一个失败者就这样被一座小山托举着
找到了幸福

从今往后

从今往后
守着一盏小灯和一颗心脏
朝向地平线
活下去
从今往后
既不做硬币的正面，也不做它的反面
而是成为另外一枚硬币
从今往后
恺撒的归恺撒，上帝的归上帝
方圆十余里，既无远亲也无近邻
小屋如山谷，回响个人足音
从今往后
东篱下的野菊注定要

活过魏晋
比任何朝代都永恒

瘦西湖

瘦西湖瘦在哪里？腰身和精神
而雨里的野鸭子是胖的，模拟画舫雍容而行
水草也过于丰美

把每座桥走遍，也没弄清哪座是二十四桥
只好重回杜牧的诗中去寻
十年前我恋爱时去过的茶社，门庭已改——改得好
即使在我的诗里，它也已灰飞烟灭

古代工匠只镌刻了水榭廊柱上
某一朵梅花中的一小片花瓣，天就黑了
短短的一生在昏昏欲睡里显得漫长
其实镌刻不了几朵梅花
人生就将尽了

水边的美人靠，倚着我的中年
我因长相平淡而从无迟暮之感
巧克力冰激凌是我的最爱
不哀叹光阴，因在哀叹之时，光阴又短了一寸

麦苗田里的朝阳

一轮太阳把东边那片麦苗田
当成了跑道

茫茫的绿映衬着寥寥的红
无垠平面托着呆呆圆形

一条小路通向麦苗田
一条小路通向朝阳

黑暗使出最后一点儿的气力
让风犁过原野

向着麦苗田和朝阳走去的人
悲伤压在肩上

日出被固定在云彩和麦苗之间
那人夹进了悲伤的层岩

太阳有巨大力气上升
那人正从悲伤里抬起头来

野菊来函

诗人你好，我已在村路和山崖开放
一朵朵，一簇簇
毫无疑问，我姓陶

我的清香已渗进秋天的动脉和静脉
石头和石头受香气牵连
结为了兄弟

我已有了一件风的罩衫
还缺一件薄雪的外套
在秋天和冬天的门槛上，我才开得最好
倘若你肯为我写首诗，我就什么都不缺了

你何时到南山来

我想请你指挥一个漫山遍野的乐队
在这里写诗，写坏了也值

是的，我已得到天空的允许
成为一丛野菊，不进入任何园圃

佳期如许，恭候诗人到来
南山野菊敬上

临海的露台

从人群走失，甚至不与自己相伴
我离陆地很远，离大海很近

心悬于海面，海面伸展在臂弯之中
太阳从左臂升起，从右臂落下
面朝大海，本身就是一场伟大的对白

整整一天，在露台上看海
空着手，什么也没有带
即使怀着轮船的征服之心
也无法与大海等观

改签车票，改签人生终点站
推迟了班次，推迟了整个大海

走过的路既远又偏
我深爱着我的孤单
背包里塞满无用和不确定
放着一碗泡面和一本《奥德赛》

养蜂场

灰绿色帐篷追随着天空
没人能告诉，养蜂人去了哪里

秋已深，鼠尾草、雏菊和牵牛
以最后力气绽放着
为了采到蜜，蜜蜂不惜
把一朵花麻醉

风吹过蜂箱垒排而成的住宅区
当苦闷得以降解
那里便成了幸福信托公司

阳光散淡地照着万物，也照着空无
养蜂人不知道去了哪里
整个山坳都在嗡嗡嗡的赞美之中
震颤着

苍茫

祁连山披着史书里的雪，在阳光下瞌睡
隆冬的大地贫瘠，鹰的影子在上面幻映出虚无

天空近乎一块将要出现裂缝的蓝冰
沿途延伸的高压线内部有风暴

在苍茫之中，时间的马达是微弱的
一棵光秃的白杨孤立，举着钻天的梦想

西北风以双手撑扶着河西走廊的两壁而行

丝绸之路问我可愿跟它一起去唐朝

欧亚大陆深处，我的人生由波音换乘高铁
长河落日间遇王维，天地悠悠中邂逅陈子昂

峪谷

我在峪谷里行走
我会独自走上一整天

两旁崖壁森肃，上亿年记忆
隐含着司芬克斯的脸
抬头望见天空卸下
云朵和深渊

红叶大都被吹落
几颗柿子在光秃枝头孤悬
玉米金黄，晾晒在石坡，几乎被阳光引爆

我向峪谷申请
一天往返，在瀑布旁休憩
我向峪谷申请
宽恕之心和遗忘之力

宇宙还在那里，不会被拆迁
想到群星灿烂，想到沧海桑田
所有痛苦都释然

在天空下

在天空下，我呼吸困难
在天空下，我锈迹斑斑

在天空下，我是一支行走的雷管
天空下的余生即是残生
天空如天花板
碾压我的天灵盖
脖颈的轴承，就要扭断
天空其实是一面仰躺着的水泥墙
有时发蓝有时发白
上面绘画的云和飞鸟都不动弹
天空太矮，想被顶礼膜拜
天空的认知越来越矮，欲与大地合拢
我想让天空抬高一米
我想为天空打开一扇窗或门
我想让天空塌陷
我想把天空捅出一个窟窿
流淌出星光和无限
天空，无论你发蓝还是发白
凭什么一直在我头顶上
让我呼吸困难

爱因斯坦黑板

1931 年 5 月 16 日
他用白粉笔在黑板上演算
当时一定有扇敞开的窗户，和风吹送花香

爱因斯坦忘了擦的这块黑板
被保存在牛津，保存在自然科学博物馆

分行竖排的公式和数字
可被当成诗歌来读
一首关于宇宙的体积、密度和年龄的诗

在子夜，会有外星人潜入
接着往下演算
耶稣基督第二次再来的时候
定会对这块黑板发表评论

当他用白粉笔在黑板上写下
分行的科学之诗
和风吹送花香，有一扇窗户
朝天空敞开

我打算去坎特伯雷

我打算去坎特伯雷，独自去走那漫漫长途
明天动身，天不亮就上路

九月的风吹拂着头发
空气荡起了凉凉的涟漪

天空在漂移，跟英伦岛一般大
大朵大朵白云朝着海岸方向奔去

野豌豆和绣线菊手挽手，守卫乡间步道
牧场忍受着自己的碧绿

无论多么远，都要去坎特伯雷
人困马乏，乔叟先生，讲个故事听听吧

想必要途经一座老磨坊
想必会遇见狡猾的狐狸和虚荣的公鸡

在树上挖个口子，就结晶，长出琥珀
时间拖着自己的影子，想开口说话

命运跺着脚，哈着口气
在那城堡中，在那教堂钟楼上

一个悲伤的人要去坎特伯雷
今生无论如何也要去一趟坎特伯雷

约维尔小站

此时，约维尔小站，只有我一个人
落日正给英格兰佩戴上徽章

地球上最后一个人
等候世上最后一趟火车，开过来

时间沉睡在列车时刻表里
细长条形的显示屏翻腾着一些地名

候车室书架上安插着几本诗集
在无人翻阅时也发出回声，昭示未知和无限

四周寂静，从路基缝隙传来蟋蟀的琴声
是欢愉、纳闷和告别的合成

一列火车听从秋风的指令，将要进站
并打算凭借冲动，驶进远方的一场冷雨

小站是我头脑里的一个想法
生命原本可以如此空旷——我独自前行

在长城下喝酒

在长城下喝酒，要一饮而尽
在长城下喝酒，狂风轻易翻越了命运的关塞
在长城下喝酒，与记忆的烽火台干杯
在长城下喝酒，从沙漠一口气喝至东海
在长城下喝酒，作为穷光蛋，多么快活
所有曾经爱过的人，都已忘记，不再有音讯
中年一下子变得辽阔
在长城下喝酒，落日滚圆，磅礴
夜幕缓缓垂下
抬头望见天上的工厂

永别

在你弥留之际，我就不去探望了
你不喜欢人来人往
我不是医生，也不是牧师
无力回天

你的葬礼，我也不去了
作为普通人，你有未亡人
万一你是曼德尔斯塔姆，不止一人愿意
去扮那伟大的遗孀

而我则是那陌路，二十年来绝少把你想起
以地图册为家
流浪在自己风雨的中途

也许我会去你的墓前
献上一束顺手采来的野菊

遮住墓碑，就像遮住你病瘦的脸庞

记得当时年纪小
记得一封封手写信札在空中飘
绿色题头的纸笺，八分钱的长城图案邮票

每一个人都是将死之人
所有冬天只是同一个冬天
世间最终剩下的，唯有那把六朝送走的
流水与青山

桃花

桃花在山坡，在水边，在茫然的风中
把一朵一朵的脸仰起来
看见天那么蓝

一首浪迹天涯的诗里
一定会有桃花
剑气从桃花的额前升起
鬓角凌乱

一只提篮正被奉献于神的脚下
清明之前尚有轻寒
满坡的桃花更像大地的内伤
透过黄土传递谶言

死者的脸在花丛中一闪
这个下午是一生中所有的下午

春天用宽衣大袖
把桃花收敛

秋天的栗树林

走在不知名的山谷，不知名的溪水流过身旁
地正露出倦怠的面容
抬头望向山冈，望见秋天的栗树林

天空是巨大的平静，悬在栗树林上方
阳光安详，含有细细的砂糖

栗树林在山冈之上
挺立之姿已无法超越自己的斑斓
那整编待命的悲怆

风吹过栗树林的头顶
一只黑翅鸢趁机急速滑翔
当吹到尽头，变成一声徒劳的叹惋
风里有离别，有遥远，有永逝和遗忘

壑谷里弥漫着撤退的气息
这世上一切都不属于我
除了四通八达的天空，没有谁会写信来
爱过的人在病中，彼此不见已有三年
抬头望去，云散淡，心空旷，栗树林在山冈

到崮上去

在圆形山坡的巅顶，耸立着一个崮
它的周围绝壁直削，最上面则平顶如巨大方桌
远看，崮仿佛儒生的头颅，长在稳重的北方体型上
除了天空，谁也无法把它拧断

崮高出人世，一直在跟天空说话
崮一直在跟时间和虚无说话
崮接收答案，但从不转发

听说，崮顶曾有古庙，现只剩刻了字的石墙根
在那里建庙，当然为了离神灵更近
去过崮上的人，无论信奉什么
都仰望同一片天空，听从云的教导

上面有一大片草甸，散落野草花：
多花筋骨草、矮紫苞鸢尾、大丁草、委陵菜、毛莨
绣线菊、车轴草、金银木、铁线莲、斑种草、白头翁
跟天上繁星打招呼：嗨，咱们都是星星点灯

崮上有一个养蜂场，振动着空气
在这个苦难的世上，还有携带着蜜飞来飞去的生灵
在遥远的崮上，更酿出清虚的味道

到崮上去，窄小歪扭的古道
正引我插入石灰岩峭壁
斜斜地上升，我努力，崮也努力，天空也努力
一直上升，到崮上去，到那与天空平行的崮上去

柿子树

悬在枝头的红红的柿子说：
让我下来，我累了

那些在树下摆姿势拍照的人
想通过一棵柿子树来证明他们是幸福的

倘若一直无人采摘，树枝就打算

请求西北风支援，亲自把柿子吹下来
至少，也要派出一场白雪
把柿子来覆盖

永远高高地挂着，是绝望的
总是以明艳来衬着荒寒，是疲倦的
柿子想滚落到命运的地板上去
柿子不想靠美貌在枝头不朽

悬在枝头的柿子说：
请让我下来吧，我累了，真的累了

徒步

沿盘山公路，从黄巢水库一直走到榆科村
又继续走到了龙王崖
在瀑布旁，吃了馒头和榨菜
接着奔向清水圈

地球对双脚的祝福，是走完这个秋天
众天使合唱
藏身于正午的明亮

山峦和谷地进入中年
雏菊发出变得微弱的脉冲信号

重量是岩石自身的训诫
风在耳边重复曾经说过的话

天空给远方送去一封信，快递员是一朵云
山野之人有昂头挺胸的自由
只要大地肯容下我

我就会带着独自徒步的力量往下活

陪母亲重游西湖

这一次，是我和母亲乘电瓶车
快速翻页，浏览西湖
一目十行，过目不忘

上一次，是十五年前，微雨的深秋
以脚步丈量西湖的周长和半径
那时父亲还在，指点江山

那次我犯偏头疼
躺倒在白堤的草坪，望向天空
父母围在身旁，我的疼痛里有故乡

那次游西湖之后，父亲又活了三年
此后母亲独居，我成半个孤儿

电瓶车正开过北山路
我忽然指向孤山的斜对面：
看哪，那是我们三人住过的新新饭店
当时预订它，只因胡适先生住过

那年在湖畔买的丝绸，还绕在我的颈上
那年的杭白菊，已无法在世间找寻

阳关

二十一世纪的大风吹着汉代颓圮的烽燧
唐朝的一句口语诗悬在天地间：西出阳关无故人

我看见了什么？看见少，看见无，看见时间
看见时间把多和有变成少和无

我还看见写下那句诗时，那个长安诗人哭了
那个有雨的春天的早晨
犹如一封信函，邮寄至千年后的今天

阿尔金山在远处，爱着自己的白色雪帽
一条长长大路用丝绸铺成
倒换通关文牒，下一站即楼兰
和亲的公主最后一次回头，告别青春

风在沙漠上写下一个个姓名，又将它们掩埋
一只露出地表的陶罐是断代史的注释
惊扰了整个戈壁滩

只有红柳，胆敢与骆驼刺相爱
地平线不朽，地平线折不断，地平线永远横卧在前

是谁把我逼成了徐霞客，一个人跑出这么远
再也不会相见了，再也不会有音讯
故人啊，我已西出阳关

降温

气温自有逻辑，跟谁也不争辩
水银的工作严肃而纯粹
智慧被困在玻璃柱里
大地正在写一部寒冷理性批判

跟爱过的人说永别，让对方成为传说
我忍受不了温吞的不忠，我要酷寒

索性跑到温度计之外
与朔风和冰凌为伴

让云朵冻住，传递不了信息
让冷成为一根刺儿，永存皮肤下面
空气僵硬，连忘却的气息也散发不了
房门砰然关上，我是我自己的壁炉

冬天需要最少的词汇量
浪漫的闲言碎语不合时宜
我不做诗人，我要成为哲学家
请求严寒把人生重新雕造，要有型有款

致一位生日相同的诗人

今天是我的生日，也是你的
现在，我刚好活到
你死去的年岁

度过这个生日之后，你又活了
二十五天

举起酒来，敬你一杯
你的背后有群山，有矿脉
双眼亮如星辰，额上刻着不朽

贫穷和恐惧，是哀歌和十四行
写给他人的挽歌，最终为自己安魂
分不清何种语言才算故乡

谁此时没有生计，就不必筹谋
谁此时单身，就永远单身

世界落入凡人之手，你生活于未来之中
人间最后一幢屋，周围栽着玫瑰

穿过泥泞，你被雪橇拉上山冈
身上睡着一个欧洲
你已将那个绝域破译
目的地是广漠无垠

风雪交加，这是严重的时刻
面对古老的敌意
诗人有自己的时间表
在最冷的冬日诞辰，并且死去

天空的记忆

这片天空的记忆里有一架飞机
飞机奔向天空的眼底
这片天空的记忆里还有一个诗人
天外来客撞向地球

这片天空有时湛蓝有时灰白
靠疼痛来安抚疼痛
风吹着它的门口
不知风是在哪一个方向吹

许多年来，每当有飞机掠过
这片天空，还有天空下那山巅的前额
最关心的是
上面是否坐着诗人

诗人都倚着舷窗，都没有行李
拿词语换取了机票

与星辰有默契
在天空之路，以云彩作里程碑

太湖

天空和湖泊都用面积来表达自我
面对那么大的天，湖只有竭尽全力铺展
天低矮下来，原谅湖的有限

冷雨和暮色交融，共同定义人生
我把自己缩小成逗点，躲进命运的一角

灰云穿着丝绒的跑鞋
水边芦苇枯干，风吹着一排排不甘、一簇簇永不
在这个严重时刻，世界收拾残局
列着清单

蚕在太湖南岸的丝绸博物馆吐丝
我在潞村吃艾团喝青豆茶

十一月只剩下了四天
我把十一月的尾巴带到了湖州
身患甲减，随时会睡着，梦见自己并没有来

两个省张开双臂把一个湖合抱
一个湖被两个省宠爱
此刻坐在它的南端
才到达一天半，就开始想家

家要向北，再向北，湖对面遥遥对着的
只是无锡
一个人出远门，空着手

已经去过未来，如何还能生活于现在

邮箱

我们相隔多远？从网易到新浪那么远
邮件在光纤里穿梭
偶尔携带以回形针固定的包裹
字母上浮，汉字在邮箱底部沉没

我写给你的信，你写给我的信
有时同时跑过孤独的山东半岛
半路相遇，佯装不识
继续朝对方营地奔去

我们在邮箱里绝交过 19 次
运载过胡萝卜、小红辣椒和蜂蜜
偶尔产生这样的念头：
一起在邮箱里过夜

个别时候，鼠标咔哒一声
信会弹跳，改道去流浪，走亲戚
迷途知返或者走失
我曾经丢失过一车干草

大雪封门，树林沉寂
一种不可知的力量使邮箱连接了穹苍
一封你写的邮件穿过茫茫风雪
支撑起我的夜空，把星星旋拧在幕布上

论路也诗歌的“内向性”及其诗学精神

/ 丛新强

一、人生向诗的转化

路也的诗歌中，显然不乏各种困境，也不乏各种情感，但关键问题在于，诗人不是将其进一步强化，而是将其加以诗化。所谓的诗化，又并非通俗理解的软化，而是走向生命的真，正如诺瓦利斯所言的“越富有诗意，就越真”。

“面前有多少路，就该有多少歧途”，这是路也诗作《在南郊》中的一句。在这首诗里，“悬崖”“寂寥”“坟头”“幽魂”“癌”“哭”“疼”“南墙”“短短的命”等语词集中出现，不能不让我们深刻体味个人的命运与世界的深渊。而且，类似语词在另外的诗作中也总是不断地显现，如《山垭》中的“山垭”和“崖根”以及“黄昏”、《山径夜行》中的“山峦”和“黑暗”以及“不安”、《山行》中的“山行”和“瓦屋”以及“余生”、《南风歌》中的“南风”和“衰败”以及“安魂”、《盘山路》中的“盘山路”和“退路”以及“孤独”、《信号塔》中的“信号塔”和“独身”以及“虚空”、《山间坟茔》中的“旧坟”和“末路”以及“灰烬”、《山中信札》中的“末路穷途”和“孤坟”以及“欲望”、《望山》中的“遥望”和“相依为命”以及“绝交书”。对于生命困境的极致表现——疾病乃至死亡，路也总是不惜笔墨。人尽管可能战胜许多外界的力量，但对此却无能为力。与此相关的话语也在《心脏起搏器》《手术室走廊》《ICU病房》等诗作中有所表达。因此，面临一个冷冰冰的客观世界，只有通过个体灵性的彰显才能让生活充满继续下去的意义，才能明白什么是真正的“向死而生”。

既然自我生死这样的人生根本问题都得以获得诗化，那么密切相关的那些放不下的沉重感情或者相对之外的亲情、友情、爱情等也就更加地可以直面书写。尤其往往极力隐藏的悲伤和焦虑，至此亦无须刻意回避，也就自然流露于字里行间。比如《四年祭》中，从植物的分株到“对他培土动作的记忆”，从石英表的依然走动到“他生活在时间之外”，从一切的易主到物是人非，从放大的黑白照片到灵魂的四四方方……比如《遗传》中的：“为防不测，他拷贝一个小一号的自己，留在人世 / 把命给了我，把魂寄于我，让我替他往下活，凭什么说 / 他已经死去？”正是通过死，才能认识生。死并非死亡的那一个时刻，而是生的构成因素。在《城南哀歌》中，这种感情继续发酵。“父亲像诗人一样，没能活到自然死亡 / 在街道的纵横脉络上占卜命运 / 骑自行车去撞汽车 / 去世将近九年，我一直假装他还活着 / 把自己当成有父亲的人，而不是半个孤儿 / 固执地相信，终有一天我还会在尘世的某个拐角处 / 突然遇见他。”直至《山中墓园》《与母亲同行山中》等，那份刻骨铭心的情感才不得不逐渐释然。“看，那亿万年的山崖，背着十字架 / 面对它们，谁都太年轻 / 父亲去矣罢了，跟亿万年山崖相比 / 六十岁跟一百岁没什么区别 / 我用与天等高的理论从哀伤里杀出一条血路，让母亲释然。”（《与母亲同行山中》）在相对无限的宇宙时空中，“就像我们从没来过”。面对无限性，有限性的人也只能如此。人之为人，仍然不同于自然实体。禀有生命并终有一死的人，才能面对有限与无限的终极问题，而发出永恒的“追问”。正是在这样的追问中，赋予本无意义的世界以人生的意义。其实也就不难理解在长诗《心脏内科》中的诗语表现，“心脏内科”的种种镜像，难道不是人生或者人性的种种关联吗？诗人最终把追思投向上帝，而显现出“天问”的特征。“请问上帝，人世茫茫，生死茫茫，天地茫茫，古今茫茫 / 宇宙之心 / 在哪个具体位置？”（《心脏内科》）在“天、地、人、神”之四维结构中，与“神性”相对照的“人性”也就确立起来了。

刘小枫还说：“实际上就是生活在世界中的人自己绘出的一个意义世界，一个与现实给定的世界截然不同的世界。只有居住在、生活在这个富有意义的审美世界中，人才不至于被愚蠢、疯狂、荒诞置于死地。”路也的诗歌世界，意义也在这里。正如《从今往后》中的诗语，“从今往后 / 守着一盏小灯和一颗心脏 / 朝向地平线 / 活下去……从今往后 / 恺撒的归恺撒，上帝的归上帝 / 方圆十余里，既无远亲也无近邻 / 小屋如山谷，回响个人足音”。世俗的恺撒的世界和神圣的上帝的世界属于性质不同的世界，具有对照性而非跨越性。诗化人生拯救的不是哪一个世界，而是要拯救自身。

二、回归心性的“内向性”

在诗的世界中，诗人的外部生活和内在灵性往往具有对照性和互补性。也就是说，外部生活越是得心应手，内在灵性就越是贫瘠；反过来，外部生活越是无能为力，内在灵性就越是丰富。路也说：“我的人生就是由一大堆缺憾构成的，如果没有缺憾，就不会有现在我这个人。在家里人看来，我从小到大就没有做对过任何一件事，如果偶尔做对了什么，那也不过是对某个错误的更正而已。”然而幸运的是，人生正好不等于诗意，人生的“缺憾”恰恰造成了诗意的“完善”。越是受到生活力量的制约，反而越想彻悟有限生命之谜，使自我在无所适从中找到位置和归宿。针对生活世界中日益强势的功利态度以及由此而来的从内向外的写作路数，路也的诗思路线则是“向内转”，从而呈现出由外而内、回归心性的“内向性”特征。

在路也的诗歌世界里，现世生活中的一切都很不可靠。即便竭尽全力地描摹外部世界及其诸类情感，仍然不可把握、充满困惑和深感不安，最终还是要回归自我的内心体验，并做出本原的或者延伸的价值判断。《大雪》中，诗人把茫茫大雪的发生归结为自己的昏睡。《风雪夜归人》中，“我”是风雪夜归人，最终面对着的还是自我。《干杯》中，“我”和“你”的一杯接一杯的一饮而尽，只是为了一而再地确认自己是在活着。《巧克力邮包》中，从寄来的巧克力邮包而设计出人生的历程，终究却是为了那珍贵的“幸福”和“回忆”。《你的形状》中，“我”和“你”被隔开了，不仅因为“河山”，更因为“怨恨”。《不再》中，“我们对彼此的今后会一无所知，除了那唯一能确定的：/ 我和你，最终，都将死去”。《在增城吃荔枝有感》感受到了“吃的故事”和“爱情的故事”，爱情很累且很难保鲜，所以，要避免覆辙，“如今，谁也不是我的唐玄宗 / 我也只是我自己的杨贵妃 / 我走到哪里，哪里就是长安”。《在泰山下》中，本可仰望泰山，不可一叶障目，却难逃内心的裂变。“我不会重于此山，只能轻如鸿毛 / 一片叶子遮挡住眼睛，就看不见整座山了 / 蚂蚁一样的我还企图移动它……我必须为今生来世 / 在内心举办一场封禅大典。”虽然终究一场空，却也有内心的追求：“这些年啊，我总是用竹篮打水，给瞎子点灯 / 为的是，让肉体青未了，让精神凌绝顶。”《灰楼纪事》《文学院》

等篇章中，诗人则以“似非而是”式的反讽，彻底袒露生活的无奈、人生的错位和生命的悲凉。在人与自然、人与自我、人与人、人与社会的关系中，不管诗人的生活如何，不管诗人的身份如何，最终都会回归诗人的内心，以内心自我确证自我存在。或者说，诗人总是把自然和世界精神化，进而找出自我灵性的栖息之所，而并非让对方“为我所用”。

显然，相对于“外向性”的经验特征，“内向性”的主体特征在于体验。体验是从感性个体的内在感受出发的，即刘小枫所说的“从自己的命运和遭遇出发来感受着生活，并力图去把握生活的意义”。路也诗作中不断出现的“疾病”元素和相对私人化的“身体”信息，进一步强化了这种体验着的生活，更加彰显着诗人体验的内在性。《母亲的心脏》中，“她那已跳动六十多年，其中已为我跳动了四十年的器官/——那个伟大的器官/此刻正因缺氧而悲伤”。《在河边》中，“母亲”把药方当信仰，“那药方里有半夏、桃仁和麦冬/还有孤独、宿命和苍茫/人生在中途，露出它的凉意和黯淡”。《城南哀歌》中，诗人淋漓尽致地展示出生命的悖论，以至于生生死死。“要恢复健康，先大病一场/要灵魂得救，先厌弃今世今生/要蒸蒸日上，先得破产/要聚首，先要生离别/要刻骨铭心，先挥一挥衣袖而去/要获得本质，当先给虚幻让路/要复活，必须先死去，涂上香膏裹上布，葬入坟墓。”这样的体验，显然不是被动的经验认识，而是主动的心灵感应和精神反思。而在这样的感应和反思中，又本质性地体现着生命的多层面和复杂结构。

面对生活世界的不确定性及其非理性和偶然性，生命意义只能从自身出发才能获得解释。相对于“社会关系”写作的公共经验而言，路也的“纯粹自我”式的写作也在深度体验中不断敞开。《我一个人生活》《妇科B超报告单》《单数》等诗作中，既有诗人客观的陈述，更有融入生命深处的个体感受。尤其把对于“单数”与身体及其生命的关系，和基于这种关系的经验结合起来，从而真正透视自己的内在生活。诗人以自己的命运去触及生活的本质，从自己的内在心性去建构存在的意义，进而把具体的经验事件提升到富有超验意味的高度，也就具有了接近人性普遍价值和终极关怀的特征。

另外，路也诗歌的“内向性”体验又伴随着充满知性和灵性的思辨，也就使其体验本身具有了穿透生活的力量。相对于流行性存在的高超技巧加上浅薄内容的诗风，路也的诗歌不经意间流露出不事雕琢的内在深刻。

三、浪漫化精神的显现

总体而言，路也的诗歌显现出浪漫化精神的本质。即便是那些无比沉重的关乎个人命运的话题和触及普遍人性的问题，也被诗人处理得诗意而具备安慰人心的力量。按照诺瓦利斯的界定，“把普遍的东西赋予更高的意义，使落俗套的东西披上神秘的外衣，使熟知的东西恢复未知的尊严，使有限的东西重归无限，这就是浪漫化”。

路也的诗歌写作常常突破日常生活的感觉方式，往往在习焉不察的语境中进行转换并创造出一个具有对照性的诗意世界。《抱着白菜回家》本是源于最日常的俗世生活场景，但在诗人那里却具有了别样的意味：“我抱着一颗大白菜 / 顶风前行，传递着体温和想法 / 很像英勇的女游击队员 / 为破碎的山河 / 护送着鸡毛信。”《干杯》中，三杯酒之后便有了肉体的活着之后的新的感觉：“酒过三巡，要让杯底朝天，要让酒决堤、泛滥 / 要让你庆幸活在了有我的地球上 / 要让我误以为自己生在唐朝 / 你打马经过，我是山寺里的一株桃花，正在开。”同样具有古典韵味的是《青檀树下》：“客官，不要急于上路，请多喝几盏 / 过了这个村就没有这个店。”她的《木梳》通过古典情怀对照现世人生，或者从现世人生体味古典情怀：“我常常想就这样回到古代，进入水墨山水 / 过一种名叫沁园春或如梦令的幸福生活 / 我是你云鬓轻挽的娘子，你是我那断了仕途的官人。”还有《老城赋》等长诗中那古典与现代相结合的渲染与铺排，都在彰显着诗人的激情与才思。而且像充满反讽意味的《文史楼》《灰楼纪事》《文学院》等诗篇，也从另一个侧面表达着诗人的文化浪漫主义。

显然，在路也的浪漫化诗篇中，除了中国传统文化的精神资源，还有西方现代文化的精神元素。尤其是其一系列的远行世界之作，也往往采取表面叙事实则抒情的方式，来表达自我心目中的理想人性。实际上，路也正是以其浪漫诗意的写作，达成了在传统和现代之间的深层“对话”。就前者而言，属于古今对话；就后者而言，则属于中西对话。其实，这也是伽达默尔的哲学解释学所架构的对话本体论：其一是与传统对话，其二是与他者对话。就路也的诗作而言，本身就包涵着具有“我—你”关系的深层对话，或者用“我们”，或者就是直接大量使用“我”和“你”的称谓。究其实质，所谓的“我”“你”关系，即是“自我”与“他者”

的关系。路也诗作中的“主体性”，显然具有“对话”的意义。

路也认为，我们目前的文学过于关注人与社会的关系，“却忽视了人与自我的关系、人与大自然的关系、人与宇宙的关系”。如果扩而大之，路也诗歌的“对话”意识则不限于人与人，其实已经触及人与神之间的关系。比如《我看见流星》中的“神瞥见了我，并会心一笑”，《望山》中的“我信的那一位 / 端坐在云霄之外”，《沉香》中的“从前风闻的，现在亲眼看见”，《城南哀歌》中的“神的目光落在这里，昭示无限”，如此这般，有限的“自我”终将投向无限的“他者”。尤其在《兵工库的春天》这首诗中，诗人通过“诗性”与“神性”的深层“对话”性书写而达致其诗学精神浪漫化的充分显现。军工武器突然失灵，子弹甚至想演变成笔的形状，去写诗：“是的，春天来了，这里多么寂静 / 金属器械的雄心壮志全都生了锈，全都臆想着 / 在这世上它们原本可能拥有的其他形状：/ 比如：婴儿车、蝴蝶发卡、滚动铁环、运动服拉链 / 坩埚、指甲刀、铅笔盒、项圈、纽扣、别针、眼镜架 / 就是做做圆珠笔末端那转动的钢珠也是不错的。”从军工武器到民用产品，从战场语境到日常生活，客体被重新赋予全新的主体意识。在这个富有诗意的转换中，也就把人和自然的生命从非理性的被动状态中解救出来。这里，已经不仅是单纯“诗性”的问题，而是具有了“神性”的品格，似乎呼应着圣言的传达：“他们要将刀打成犁头，把枪打成镰刀。这国不举刀攻击那国，他们也不再学习战事。人人都要坐在自己葡萄树下和无花果树下，无人惊吓。”从“神性”的世界重新观照“人性”的世界，这是诗意化的本质，也是浪漫精神的本质。

宇向诗选

/ 宇向

宇向，生于 1970 年代，曾获“柔刚诗歌奖”“宇龙诗歌奖”“刘丽安诗歌奖”、人民文学“新世纪散文奖”、“文化中国·年度诗歌大奖”等奖项，著有《宇向诗选》《我几乎看到滚滚尘埃》《哈气》《女巫师》《其他的事情》等。

托尔斯泰修鞋

托尔斯泰写累了
就去修鞋
离开写字台
去修补他的鞋

他想悄声出走
烧掉所有写出来的字
如同很多写字的人
如同他放弃所有家产

托尔斯泰想累了
就去修鞋
从修鞋的屋子
他悄声出走

修好的鞋足够进深山
他栽的树也已繁茂
树下有一座坟墓
没有碑。没有字

亲近迷途

“书本”放在文学类
定价 68
“限时购”5 折买的
评论区有留言：是个本子吧
第二个留言：很好的一本书

封皮印着“如此亲近迷途”

里面是一个人的箴言、黑白画和空白
每隔三五页白纸
就印有一两句
以及几笔勾勒：
跑的垂头的被风刮的手脚并行的人
杂耍的紧挎的顽疾缠身的失踪的人
变态与人形交涉：人所能抵达的形

像偷看，我翻开“书本”
不写不画
不拆散
片片空白是他的人生

残酷的画

用笔建归属
为人得其所
光、树木、花丛亦欣然
用家中小钱
帮助同道
互为模特
29 岁。英俊、羞涩的巴齐耶
仅仅来得及
去拥有一场战争

另一个巴齐耶去地下室画大自然
停战。开战。一轮又一轮
计日以期
他可以活到一战
甚至二战
唉，高龄的巴齐耶
画也画不完的风景

偶尔：白茫茫画里痛失亲人
有一张尸体写生：爱人待葬

另一个巴齐耶走避他乡画教堂
画舞会。辗转着。画午餐
画日出。活下来。画裸体
老病时困在轮椅里
手坏掉就绑上 5 根画笔
画数不清的花

另一个巴齐耶哀求又怒怨
都没打动巴齐耶

子弹穿过的青年巴齐耶
倒进滚烫的泥尘
如同另一个巴齐耶
深深陷入无边的亚麻布

让只身的更无援

21 世纪的奥赛
F 和 C 带来一个
润过色的梵高
F 具有成为文学时
被删除的品质
躁动、得意
又殷勤

21 世纪的梵高市集
孩子们席地而坐
由艺术教师看护
另外的人头攒动

在拍在录在通话

没有一个人

没有一个空旷的厅堂

没有一个人站在空旷的厅堂
斜阳的尘灰中
管理员拎着一串钥匙
走向他

馆长在回答地位和艺术史
指认非凡：无论何时都“最”
C 轻转梵高
观看化学反应的目光
在期待
他们带来的梵高
颤抖中
垂泪不已

没有人把空旷的厅堂站成雨中的庙宇

要害之地

喝下的毒
几乎是顺应着他，自地里
生长上来：

脚如陷烂泥
小腿瘫软
膝盖哆嗦
身体沉重到站不住

他躺下
那毒盘踞腰腹
横向上升
至胸口

这个追问我们的人
被我们敬爱
被我们抚下了眼睑

这是使我们在的人
深情、坦荡、无畏
却从来不是我们

这就是我们手足的结局
如同我们的死
却不是我们的结局

误读

如在苦修僧的垫子上
坐着的人
身子往前伛。伛到活人
能伛到的最大限度
即便有雪
盖住他，也不抖掉
他胸腹的小马，也几乎不动
瘦骨身架。腿直挺挺
活像马形蜜糖饼

他是车夫约纳
他曾对一个军人说
对三个年轻人说

对另一个车夫说
他说（每次说的机会都不放过）
我的孩子死了……
回应无非是
大家都得死。加之以
骂声和嫌弃
他便孤身一人，对自己说
对他的瘦马，他倒着草料
一肚子的话，统统倒出
小马嚼着草
热气哈着主人的手

你读人为什么读
为什么写。契诃夫为什么
在《苦恼》下引用：
“我向谁去诉说我的悲伤”

前奏

入住迎风坡谷地的夏日午后
我们的宝贝 12 岁
男孩再大就不跟随大人
更别说去荡眼下这秋千

我们肘着阳台木桩
少年绿遍洒，大地草无缺失
因清新空明，才有这小辽阔
黑夜还早。黑森森的密林还远
稍一放眼的冰峰还在天边
也不晃眼
还许你一望旷远

这自然谦让如一段前奏

一个长镜头将拉出
向后的树木。椴树栎树花楸白杨湖泊
亮绿通道在避让
或者针叶林落叶松云杉天空
错综路瞬间理顺
雕或鹫扑面闪开
疾风刮倒雄狮又晃它巨臀推它起
羚羊猞猁山兔反向飞走
没有哪个反应过来
轮廓、光景不停逃离
正是秋千如此
如飞毯如护佑

这前奏自 17 年前
我们沿海经此浩瀚山脉另一端及回程半小时俯瞰
冰雪峰顶延宕，大地布道台祷文不已
如许生出

生在秋天

长在春夏秋冬
此境两相宜
红瓤黑种子。乳瓤米种子
青蓝色葡萄。橙色桃子
桃子色大理石蛋糕
蛋糕色蟹子。海蟹携海，湖蟹带泥
蟹壳花生。豆荚。死不了的绣球花
可以喝一小杯的年龄。吉他课
5 线谱 5 谷 5 彩蔬菜沙拉
15 根蜡烛燃你所愿

诗下这几行，忍不住太多过分

可这是无穷妈妈骄傲的
强大的精神分裂症妈妈
是生命自由意志的妈妈
天使的妈妈孩子的妈妈
是些发疯又藏疯的女人
在悖论在庇护与应对间感念
尖顶折断我们晚祈晨祷于枕边
至冷时
我们互为火炉
我们互为面包

这是些百变女人，无论
灾年与起义与闪躲窃贼
总能铺展一张繁花盛放的桌布
这是比喻是“爱的教育”是“尊严而惮”
少年的手里有空气画笔
倏然有。创世有
白天有光斑和秋天
夜晚有星斗和秋天
有按捺不住的月萌生在白日未尽傍晚未至之时的秋天
有一个明朗的午后你曾拉我到阳台专门把它指给了我

爱（三首）

1. 杰作

门被破开
一股腐尸的气味

白床垫。老年女性
深蓝丝绒礼裙
雏菊层叠
因之前浸过足够的水
依然保持绽放
没剪去茎叶的
安置在心腹间的枯手中

白枕头。银白发
鼻头耸立，嘴巴干瘪
肌肤如裹了一层
正在干结的黏膜
仍保有倔强
窗户原本敞着，吐纳着
消逝中

如一部杰作
在去向完美里

2. 就这样死去

她在厨房清洗
碟盘打动水流
这幻听使他醒来
他尝试着站起
又被过低的血压
压下去

他缓着神
回到生活中
换鞋。待她擦干手
紧跟着，帮她穿好衣袖

理顺肩颈
跟着她。你不穿外套么?
他转身抓下深灰色大衣
边穿边跟上
她迈出门的脚步

关了灯
关了门。砰一声
一如往常

3. 讲他一生的故事

当她已成为一件
唯一的事物:
痛

没事了，我来陪你
痛
我小时候，也没有很小
痛
爸妈送我去夏令营
痛
早晨六点跳进湖里，唉
痛
融汇着雪山下来的冰
痛，渐弱
为抵御青春期冲动
痛，剩下一丝
大家用长桌吃饭。他比画着
痛，化作轻鼾
吃完都走了。只剩我哭

治疗时
我妈隔着玻璃挥手
满是星星的明信片
妈妈一直保存着
后来被我弄丢了
真可惜

手放开了手
挪向旁边的枕头
漫长的故事他还没有讲完
枕头盖住鼾声
他紧抱着
以他的胸膛
起初给她的窒息

“痛”一定换了地方
前些日子女儿来过，讲小时候听到爸妈做爱
心便安定，觉得一家人牢不可分

一束束雏菊用纸袋子抱回来
在水中剪下花朵
在衣柜里挑选
在舞台上
她演奏
敞好窗户
用胶带密封卧室的门
鸽子飞落客厅，抖闪
颈部的铜绿

曾两人挨坐的桌前
继续，讲他一生的故事
你一定不相信鸽子飞进来

第二次时我抓住了它
一点也不难，不过
我把它放了
几页纸，老木纹桌面
钢笔呜咽如泣
写得流淌，那如泣声
几乎了无痛苦

注：电影《爱》，迈克尔·哈内克编导。

心

丢勒有张插画
不好找

托耶稣的底座
一座微型岛
一种冰激凌在化的形态
两只赤脚
带着洞
星角光射
像三柄剑的钝刺
随头压下
沉向小腹和赤脚
病容或抽搐就要看不见
这身体如一只大手
正在握成拳

这样无能又有限的耶稣
不好找

这样身体攥成拳

这样小的
死过的
滩涂般的
壮年耶稣

命名

一个名字
落在站台上

有人慌乱中
翻遍口袋
对乘务员重复着我有
我有
有人敲字时找不到词
对着空旷说，我有

车次已过期
人会把名字丢掉
不是失落
在废弃里
在无用里

等待一整天只走神一会
便有什么溜走
有人说不过谁
随手扔的废票
困境早已解除
我何尝不知
我若不捡起
它可知是谁
乘上高速列车

我不是独自夜行
另外的时候我会觉得被打扰
它不是打扰
可以写可以画可以涂抹它
可以叫它干什么可以编排它种种
可以再次乘高速列车
补上曾经的旅程。可以
有人将
快捷地死去

加速
加速带我回到
一间可以非法享乐的房子

预兆

阳台对着一棵树
一大棵
倒杵的扫把
笨拙。不稳
它高于周边所有
也老过各种绿

夜里，我回来
对着它坐下
落下层层细沙
几段碎草
我去过图书馆、礼堂和马场
也走到没有脚印的沙滩
让浪拍，让辽阔虚寂里
星渐生

让一些渐亮
另一些闪动
我小了便
并相信
什么也没留下

之前要出门
海风借由那树翻卷
它摇扭，盲目打着，因自身构造
尤为醒目
大的波动也借由它生
直到风停。夜里
我回来
经历了前面说出的以及
没说出的：后来的迷途
和险境
并再次看到树
它早已定神
在我历经预兆时

图书馆

我忙于修补自己
为不断有纸伤而过程缓慢
用纸指头，曾经
它被作业本的一页划破
（一道红留在那
和红圆珠笔的批注挨着）
用纸嘴唇
在后来
它吻出一座纸的江山
我得以来到纸世界

见到纸的人民

他们用脆弱、废弃的纸
建房屋
用揉皱、抹黑、易碎的纸
建避难所
在纸的重灾区
建厨房、博物馆、桥梁、剧毒柜、剧场
一片片阴影
设计师用光滑、空心的纸管
做神殿的立柱
建与被毁的教堂同等大的纸教堂

这里是纸的所有
家园在纸上
祷告在纸上
文字离开时
人们还在纸桌椅前读，写，发呆
在纸的刑具上忍受着痛苦
在纸的命运中
盯紧死亡

他们用厚重的书的封皮
做镜子、墓碑
用薄的插页做花圈、钱币
我的男人用一张孤独的纸
做自习室
练习本是回收的纸做的
我的小孩们歪歪扭扭地写着
裁着，用遐想和游戏叠纸飞机
他们总能爬上更高的台阶，迅速将飞机
投得更远。向四面八方。投进

一个和另一个年月

这不可挽回的年月怎么变？没人能逃脱
指头被纸划破
这全部的所有是一座图书馆它始终如一：
这纸的肉体，没有指南针

“吻”（大理石版）

石头的血脉、肌体
近乎人
大理石更有死颜色
苍白。蓝绿隐现。灰黄斑。凝血线
我们所感大理石
扑面的肉欲
何不因此。又何不因
它冰凉坚实的质地

无处放心会死的人
不分身会杀人的人
在里面。要挣脱
握紧锤子、凿子……喊叫助手
它晃。它转
石头飞走石头摧毁石头。除掉石头
保罗吻了费朗西丝卡

常常我们被如此吊起胃口：
演员无镜头般做戏
于尴尬处也不犯错
真的一样
石头的错觉更胜一筹

不伦之恋就在眼前
还是古老的
你触手可及遥不可及的
你边边角角去看
去盯紧
出于掩饰，就赞美艺术：
自然得恍若无人
真实得
像指认地狱

你不确认，石头迎来盛名
凭借它
自身无法逾越的禁忌

撤出因斯布鲁克

你的游历里它无过人处
俗世的中欧古城

自然美拨给周边村落
它没有童话在夜色
没有光滑石头斜径
黄金屋顶经巨掌挤压
塞在积木丛中
登高的俯瞰亦无奇
旧日皇宫教堂塔楼水晶工厂这些有
哥特变成巴洛克有
友好有。好空气有
人群的空当有
我们就来在这空当里
大排档，简陋的舞台

歌手和舞者没有丝毫怠慢
可依然可是
遥远的国度？

你正要摸到，一颗情愿
被淹没的甘心

有如它的象征：
巴伐利亚军撤出因斯布鲁克
那纪念柱仅静立着没被特殊没被指出
便少受了过眼的腐蚀
归于与之选择的相遇
有如其来有自：
当我们走过一条纷繁的街
当我们拐到一条局促的路
以及前面说到塔楼登高时
那时我若抬头若远眺……
白云拂拭天钻石
某一块阿尔卑斯，某一片阿尔卑斯
某一座阿尔卑斯。致命的灼目
某一块人迹罕至，某一片人迹罕至
某一座人迹罕至。咫尺的灼目
每一次，如猛然定格的大洪水

在你深入城中，它们作为假象
无视我们而又紧紧追问
在每个尽头
仅剩不多的虚空中
失去的天堂迎面耸起
重复着，永逝

没有你

没有你
阳光照旧
向日葵从不随处见
造物歇息。柏树是柏树。燃烧是燃烧
世态炎凉。众生也方便
即使狂风扭曲每根枝叶
丝柏仍安于树的秩序
不溅出一滴星火
没什么要离开什么
我只是，走出我的黄房子
像我未曾拥有你那样没有你
像从未有过你那样没有你

没有你
星月当空是完美无瑕夜
无情是从善如流的教育
紫色不蓝。田野不蓝。万物从不像海洋
黄金稀释于空，流落世间
乌鸦善变“黑”（好极。坏极。坏极。好极。）
狂风扬起这群死鸟看它们飞
我曾埋下无名，不断埋着
它止不住的形容词
独自，退向黄房子
像我未曾见过你那样没有你
像什么也没有留下那样没有你

没有你
我自把阵风引入星空
用视力，用挥手。引入

不安之外的不安。撼动之余的撼动
被其他被大意被麻木被落下的
别的橙、黄。别的硫黄
绿的墨。以及关于相系的分辨
我埋着“我也”
躲闪着那些指认疯癫的指头
但你是，选中的你装点出发点
一座现实街角的黄房子

那时我沿山路落泪
走回我们的黄房子
没有你
没有你
我有确切的感受：
你曾与我一起
沿路哭

止境

两小时暴雨后
空间打开
物质了然，有模样
积云、落日到天边
每一次晚霞
都仅有
都举世

正聚起鹰状的云
你闻所未闻的鹰
双翅觉察不到地伸展
你没见过更真实的翅膀了
在视线末端

才能得以张开
（更新着临界）
真实的翅膀要抱
无边的环
它的头微斜着俯来
但不来
太阳行在它背后
我们看不见
我们看见它背着太阳
我们看见鹰
它挣开重力的一步
跳和起飞的一步
是起飞。不是在飞
似乎要结束的亮空里
有一个逃离的洞似乎
有一条出路凭空给出

你就忍住不说壮美
目光瘫在那
不是因为
“怕是有什么要结束了”

孤岛的诗学：童年经验与哲学情感
——宇向诗论

/ 江雪

如果要我列举当代中国十位最具影响力的女性诗人，宇向依然在列。当代一些重要诗人对宇向的诗歌均给予高度评价，于坚称赞宇向是“祈雨的女巫”，“华语文学传媒诗歌奖”亦在授奖辞中称赞“宇向是语言的巫师，也是沉湎于形而上的现代艺术家”。作为同时代人，我也很欣赏和喜欢宇向的诗歌。在我看来，宇向的诗歌充溢着罕见而杰出的信仰诗学意识，充溢着丰沛的哲学情感与诗性自由，以及深具辨识度的现代情境美学风格，这是她的诗歌风格与其他同时代女性诗人之间最为迥异之处，也是最为可贵之处。当很多诗人还不知何为“信仰诗学”与“童年诗学”时，宇向已经在此隐秘的诗学道路上走得很远了。

宇向在诗集《女巫师》的后记《在石头下面》中写下这样一句话，引起我的关注：“我写作，我仍在为自己构建个人岛屿，在我离开童年越来越远的地方，我重建它。回归它。”她还在诗中写道，“童年是一种远”，童年“在美丽的马卜崖村”。宇向透过这句话，告诉读者一个重要信息，她的“养马岛童年”和本雅明的“柏林童年”一样，存在着个体的神秘、个体的欢乐与忧伤。透过《在石头下面》一文，宇向对她的读者讲述寄居孤岛的童年往事，讲述被外祖父盖完房后剩下一块石头的故事，包括那块石头下面涌动的幼小生命与死亡气息：西瓜虫、蚂蚁、草根、叫不出名字的小虫和它们的尸体、腐烂的草根……宇向说：“我后来的绘画和写作都和我的不健康有关。我写作，它是我目前为止可以找到的通往我的石头下面最隐秘的一条路。”尽管美国社会学家威廉·A. 科萨罗说“中世纪没有童年的概念”，但是时至今天，我们这一代人对“童年”这个概念依然模糊。在我不算狭窄的阅读视野予以观察，无论是诗人、小说家，还是艺术家、哲学家，都有浓郁的“童年情结”，比如诗人策兰、狄金森、普拉斯、毕肖普、塞克斯顿等，小说家陀斯妥耶夫斯基、卡夫卡、普鲁斯特等，艺术家杜玛斯、草间弥生等，思想家本雅明、维特根斯坦、阿甘本等不胜枚举，有着诗人、艺术家双重身份的宇向也不例外。童年情结可以极大地丰富和激活天才们的诗学创造力。我在诗人、画家杨键对我的访谈中即谈到童年：“童年是我们人生天真无邪的诗意源头，我们可以把童年叙事视为个体诗学中最为隐秘的一部分。”无独有偶，诗人宇向多次谈及“童年”对她写作和绘画的影响，足以让读者窥见她的写作中源于童年记忆的创造力与初涉自由的疼痛感。

英国心理学家查尔斯·费尼霍一语惊醒众人：“童年的记忆通常是对可怕的人和事的记忆。”要成功地忘记某些事情，需要很长时间，的确如此。诗人在《所以你爱我》中如此写道：“一天，你想起儿时在养马岛，海潮将叔父的尸体和一条渔船的残骸一遍一遍冲向海崖，后来，那声响经常在你噩梦中充当一种敲门的方式，而当时，你正在和小伙伴们玩一种叫作‘拔油油’的游戏。/ 所以你爱我。”然而，童年经验值得我们永远信赖吗？这显然是一个让人困惑的如何抵达“诗学之门”的叩问。查尔斯·费尼霍说：“我们的童年与过去，人生故事里的所有情节，就是‘自传体记忆’。我们都以为自己拥有固定不变的记忆，但认知科学家逐渐达成共识：记忆是在当前时刻、根据当前需要构建的。我们对过去的回忆只存贮为一些信息碎片，每次被要求回忆时，大脑临时将碎片组合起来，将其他情绪或知识添加进去，重新创造了一个记忆。所以，记忆是脆弱且不可靠的，甚至具有欺骗性。”费尼霍所言的“欺骗性”，并非蓄意的“自我欺骗”，它是记忆与情感的本能过滤，甚至我认为“记忆的欺骗性”是一种本能，它构成了人类的复杂情感——所有的天才诗人都需要这种源自童年记忆的复杂情感（童年经验），它们具有伟大的“记忆力量”。英国社会学家艾伦·普劳特说：“现代性‘发现’了童年。”是的，时间一直在旅行，时代一直在放逐，在当代汉语诗学批评文本中几乎没有人关注到“现代性”与“童年”的关系，而诗人宇向诗歌中的童年诗学经验诱发我开始对当代汉语中的现代性与童年关系进行思考：“我是那个被驱逐的孩子。”奥地利心理学家阿德勒说：“幸运的人一生都被童年治愈，不幸的人一生都在治愈童年。”而诗人童年的未来，一直在滋长并健全她的现代性。或者说，诗人孤岛上的童年，萌生她的现代性“灯塔”，并且照亮自己天才般的诗篇：

我不善于写创作谈，所以我，写一首诗和另一首诗。

我不善于谈论艺术，我不善于谈论任何东西，我善于进入不可言说和不可知的部分。我善于享用免费的午餐。

我对你们正关注的事物不感兴趣，我善于暗示你们那些被漠视的。

我善于偷窥走钢丝艺人排练时的绝望，善于到台下同他们一起放声高歌，我们的共性在于天生崇高。但我仍不是那艺人，在暗处，我的咒语正沿着落物形而上。

在暗处，谎言布满时代，我不善于叙事，它不能穷尽荒谬。我对怀疑感兴趣，它使我犀利。我善于分辨犀利背后的悲凉：一柄月下寒光闪闪的刀，不断地痉挛……我在黑暗面前，诗和无力就在。

我对无力感兴趣。对肃静感兴趣。

我感兴趣于离散而不会失所。这不可能避免地指向了死后的名声，看吧，这条巨型毛毛虫，终于逃离了聚光灯下的尴尬。

我不在意孩子如何长成大人，我在意他在我身边，生命就在我腹中。我在意一个孩子告诉我，柳树是低着头长高的。

写作，这人世的蠢行，谈论写作，蠢上加蠢。

我生下一个又一个小孩，他们是我的美满。当我的儿女们长到 13 岁，他们将把孤独还给我。

——宇向:《你知道我是谁》(2009-2014)

宇向在第十四届华语文学传媒诗歌奖答谢辞中坦言，她尊奉“孤岛”的诗学，而且谈到一个重要的诗学概念：“诗性自由”，而诗人吕德安则在她的诗歌中发现了“诗性正义”。宇向说：“‘祖国’和‘诗’这个词一样，有着多样的复杂的结构和形态，但它们都是寻找回声，寻找共在的。而‘自由’，没有真正的‘自由’，我有的是对‘自由’不断的思考和探求。在写作中，我总是感受到语言自身的强制力，还有语言的暗示和召唤，前者必须写下，后者在要求一个诗人的直觉的同时，也要求经验、敏感度、速度，以及那至关重要的，也就是诗人极其自主的部分。

这自主的部分在与语言协商，诗人向语言诉说，诉说他的内心深处、他的生存现实，诉说他的困境，诗便得以酝酿。因此，这里我只从‘诗性自由’的角度来回应一种不羁的‘自由’，因为诗本身隐含某种不可言说的不可思议的挣脱、延展、深入、纠结、开放、轰鸣……那些超越的能量，隐含着‘无限’。‘诗性自由’使我对神秘未知的‘无限’保持自然的倾斜，一种孤岛式的倾斜。”我惊异于宇向的诗学表达，她真诚而果敢地道出了她的诗学现代性与童年之间的隐秘关系：“我就是那个被驱逐的孩子”；她还道出了她的诗歌中的幽暗意识与诗学理想，道出了“祖国”就是“自由”的一部分，以及同时代的“诗人的命运”。无论“诗性自由”，还是“诗性正义”，这正是宇向诗歌中的“现代性”特质，这也是宇向从童年记忆中挣脱之后形成的个体现代性经验；或者说，“诗性自由”是“童年诗学”中最为本真的特质，一直贯穿于她的诗歌精神之中。

在与宇向的交谈中得知，她的先生、当代“70后”诗人与艺术家的重要代表——孙磊，对她早期的诗歌写作与绘画均产生过直接影响；而后期，宇向的诗歌趋向于一种自省与独立之后，则潜意识地受到了她喜爱的美国女诗人毕肖普和塞克斯顿的影响，甚至可以说宇向深得这两位杰出诗人的真传：“一生我做一个祷告 / 配置我。作用我。一个完美的奴隶 / 但我的主仍未察觉 / 我变得如此具象，踏实如狗 / 所以我，仍被弃置 / 不，这也是谎言 / 我被逐步引入暗处 / 潜心追求真理”（宇向：《撒旦》，2005）。宇向像塞克斯顿、毕肖普，甚至像普拉斯一样，属于那一类对女性主义充满深渊意识与觉醒意识的女诗人，甚至可以说她的诗歌丝毫不逊色于当下处于全球化现代诗学背景中的任何国度的女诗人。近期，我先后通读宇向的诗集《宇向诗选》（2012）、《向他们涌来》（2015）、《女巫师》（2015）以后，最重要的感受，除了上述已经论述的“童年意识”与“诗性自由”之外，就是她的诗歌中遍布一种独特的“哲学情感”，让我想见她宏阔的阅读视野与诗性思考的哲学思维同样迥异于同时代的女性诗人，或者说，她一直在努力探求着诗化哲学与语言自省：

当我们在写作中勇敢地表达内心的真，坦陈邪恶与良善，就是在不断地自我确立、自我否决与自我审判，以免道路的失衡，而什么是我们内心最饥渴的部分？显然不是放纵内心。康德说，人有应该。关于“自由”他也有不少说法，比如，自由就是法律。还有，自由不是你想做什么就做什么，而是你不想做什么就可以不做什么。没错，人有应该，一个人是自己的立法者和守法者，这是人的自由和尊严所在。

诗人本身并不神秘也不超验，而在宇宙秩序中诗人具有神秘性和超验性，他的工作是一次次时间的塑形。我在 2006 年的诗集后记里写过：“它们（我的诗）为感受到的灵魂构设了不同的框体，以望能够显现摄人心灵的部分，一种转瞬即逝的永远。”今天，我只取这半句。未说的就在一首诗渴求的方向里，那里有最沉着的还未能被享用的喜悦的等待。

——摘自《在一首诗渴求的方向里》(2012)

她所倾注的，正是她诗歌写作的隐秘而伟大的源泉：现代哲学的诗性诠释、当代叙事元素的腾挪、当代艺术情感的浸润、泛意识形态的微观、性与权力的欲望解构、文学意象的整合与重现、童年诗学的挖掘与信仰诗学的锻造等等，正是这些深刻而艰深的“哲学情感”构建了宇向诗歌写作的高度与深度，增强了她诗歌中“词”与“物”之间的隐喻张力：“盆骨种花 / 皮肤一层一层绿 / 万劫的春天 / 屏息。怒放 // 细菌鲜活 / 和血一起流 / 和绿一起蔓延全身 / 像上好的大理石 / 傲慢。冰凉 // 直到膨胀，自边际开始”（宇向:《身体》，2014）。更为可贵的是，宇向就像塞克斯顿一样道出了“我们”的精神疾病，以及对人类命运、对生死轮回、对灵魂缺失的考辨与洞察，甚至诗人有意识地在她的诗句中加入一种真实可感的情色叙事，而达到一种意想不到的荒诞意识：“你摘下口罩和医用手套 / 你正在以新的行动 / 抹去以往放荡的名声 / 你正走过来 / 身穿黑大褂，提着一袋子闪亮的刀”（摘自《医生情人》，2003）。

近期，我又阅读到宇向的一组新作，其中《托尔斯泰修鞋》《亲近迷途》《残酷的画》《爱》《心》《吻》等，均是上乘佳作。这一组诗歌，反映出了诗人独特的文学史经验、艺术体验与介入诗学的精神导向。宇向一如既往地在阅读经验中捕捉与提炼属于自己的“哲学情感”与“诗歌伦理”，继续持守、构建自己的形而上诗学迷宫。哲学家伽达默尔在《与美相关》一文中写道：“我们要学会如何以一种特别的方式来浸入某个作品。当我们深入体会某个作品时，根本不会觉得单调乏味；体验的时间越长，我们就越能感受到其中的丰富内容。艺术体验过程的精髓就在于，读者可以学会怎样在艺术作品中吟咏逗留，感知其中三昧。对于活在有限生命中的我们来说，这可能是唯一能够获得不朽的方式。”《图书馆》堪称杰作，诗的结尾部分实在漂亮，生发诗意的震颤：“……这不可挽回的年月怎么变？没人能逃脱 / 指头被纸划破 / 这全部的所有是一座图书馆，它始终如一： / 这纸的肉体，没有指南针”（摘自《图书馆》，2016）。宇向在接受《艺术批评》的采访时说：“雌雄同体是我比较喜欢的气息。我的生理体验、生命经验是女性的，都会在雌雄同体特质里体现。”但是，宇向的这一组新作所呈现的诗歌的语言质地与精神高地，依然荡漾着“诗性自由”的气息，这种气息“与美相关”（伽达默尔语），让我想起神秘主义哲学家西蒙娜·薇依的思想之美，诗人米沃什即意识到薇依的重要性。作为读者和批评者，我们也应意识到诗人宇向在当代汉语诗歌现场的重要性。写到这里，我不禁想起美国诗人洛威尔在 1967 年 10 月 9 日的信中如此赞美女诗人毕肖普：“你让大多数人，甚至最迷人的，好像都是透过一层釉看到，好像他们活在一层釉里。而你的诗和散文中的动物也有同样的新颖，木质被显露，清楚而真实。”洛威尔赞美毕肖普的话，我们也可以借用来赞美同样热爱毕肖普的诗人宇向。

2021 年 4 月 29 日，草于牧羊湖

孙磊《螳螂》

纸本岩彩

55cm × 98cm

2014

组章

寂静制造了风

/ 池凌云

手珠

每一颗都是望向虚空的目光凝结
漆黑，明净，给未成熟的仙境
以圆润的果实。教我满怀柔情
以一种我还未学会的爱。

我不再惊讶于它能改变血液
像种子一样生长。我相信
一颗碎成两瓣的珠子能愈合。
如不能依靠它，我最终也能独自完成。

寂静制造了风

寂静制造了风，河流在泥土中延续
一个又一个落日哺育灰色的屋宇
它的空洞有着炽烈的过去
在每一个积满尘土的蓄水池
有黎明前的长叹和平息之后的火焰
我开口，却已没有歌谣
初春的明镜，早已碎在揉皱的地图上
如果我还能低声歌唱
是因为确信烟尘也能永恒，愁苦的面容

感到被死亡珍惜的拥抱。

让枯萎长高一点

让枯萎长高一点，再去收割。
让接骨木，接住渴念死亡的沟槽。
让灰色的嘴唇独自言谈。

让天黑得晚一点，草木在地上画出颜色。
让泉水带上微光，经过绝望的黑洞。
让笔锋站立，刀斧自己出门。

玛丽娜在深夜写诗

在孤独中入睡，在寂寞中醒来
上帝知道你是什么样的人，玛丽娜
你从贫穷中汲取，你歌唱
让已经断送掉的一切重新回到椅子上。
你把暗红的炭火藏在心里
像一轮对夜色倾身的月亮。
可是你知道黑暗是怎么一回事
你的眼睛除了深渊已没有别的。
没有魔法师，没有与大海谈心的人
亲爱的，一百年以后依然如此
篝火已经冷却。没有人可以让我们快乐
“人太多了，我感到从未有过的寂寞”
为此我悄悄流泪，在深夜送上问候。
除此之外，只有又甘甜又刺痛的漆黑的柏树
只有耀眼的刀尖，那宁静而奔腾的光。

黄昏之晦暗

总有一天，我将放下笔
开始缓慢的散步。你能想象
我平静的脚步略带悲伤。那时
我已对我享用的一切付了账
不再惶然。我不是一个逃难者
也没有可以提起的荣耀
我只是让一切图景到来：
一棵杉树，和一棵
菩提树。我默默记下
伟大心灵的广漠。无名生命的
倦怠。死去的愿望的静谧。

而我的夜幕将带着我的新生
启程。我依然笨拙，不识春风：
深邃只是一口古井。温暖
是路上匆匆行人的心
一切都将改变，将消失
没有一个可供回忆的湖畔。甚至
我最爱的曲子也不能把我唱尽
我不知道该朝左还是朝右。我千百次
将自己唤起，仰向千百次眺望过的
天空。而它终于等来晦暗——这
最真实的光，把我望进去
这难卸的绝望之美，让我独自出神。

雅克的迦可琳眼泪[1]

富于歌唱的银色的雨
锦瑟的心。唇的
吟诵，改变着一棵静止之树。

你的月亮追过白桦林
拨弄松的细枝。我竟会以为
是大提琴扬起她的秀发
她的眼神胜过菊花。

我看见她不会走动的黑色腕表
向她倾斜的肩。他们的笑容
都有挥向自己的鞭痕
这痛苦的美，莫名的忧郁
没有任何停顿。

只有白色的弦在走动
它们知道原因，却无法
在一曲之中道尽。

遥远的雅克的迦可琳
这就是一切。悲伤始终是
成熟生命的散步。提前来临的
消逝，拉住抽芽的幼苗
正从深处汲取。

[1] 题目取自巴赫曲名。

到一棵树中去

我无法描绘一棵树
它的憧憬引来永无终结的风
所以，到一棵树中去。

我不了解毫无保留的枝杈
那绿色，像要记录下什么
所以，到一棵树中去。

要医治一天的扭曲和贫乏
轻易就熄灭的火，被一个念头捆住
所以，到一棵树中去。

它比我看得更清楚——
生命之美深藏于根须和落叶
空气和土壤互相唤醒，获得新的素质
所以，到一棵树中去。

给大雁唱一支歌

我不知道在黑暗里除了我之外
还有谁不肯带着苦涩睡去。
而道路已经模糊，隐退的田园牧歌
滑过一声声哀鸣。

在黑暗里，一颗星星就要结束。
我不知道是谁越过榉树
长出蓬松长翼的手摸到一段陡岸。
在黑暗里。在黑暗里。

有人已经进入睡梦，我不知道
将发生什么，是谁又长出长翼。
但我梦见，我们集体
给岛上的大雁唱一支圣歌。

笛子呈现

我整天怀着一份隐秘的感情
念想一只笛子。
不是因为独奏，或者合奏
而是那一个清凉的吹孔后面
紧跟着一个膜孔，
不能错位的六个按音孔
和两个出气孔。在一条直线上
它们如何引着锋利的小刀
让自己变得圆润光滑。
吹奏的人与聆听的人
用声音相见。就像水和水波
之间的震荡。难的是
一个孔与另一个孔之间
不能太远，也不能太近。
这是笛子的艰难时刻。
而所有技艺都是神圣的，
这仪式已经流传了数千年，
吹奏与寂止的融合，
绵绵无尽的涌泉。被烤热
把一节白竹或紫竹调得
笔直。捅节，捅节。以浪涌的
弧度，以平头的圆铁棍
把每一节都捅穿，
让内壁光洁如压过的铁轨
等待饮泣的逆转，

或鼓噪一丝艰难的光华。
当一只熟练的手，在笛子的一端
放进软木塞，再用铁棍
轻轻推到一个合适的位置，
它的喉咙没有因此而哑掉。
只有使用笛子的人知道，
温度能使音阶发生变化，
这是一切笛子的秘密——
它为美的旋律燃焰，却无法
为全部受难饮尽鸩酒。

新浇的柏油路上……

清晨，当我去山中散步，
像进入一个凝固的空间：
新浇的柏油路上，小蛇与青蛙
被半压进路面，数十只蜻蜓
陷进黑得发亮的沥青中，
它们想要飞离的样子——彩色
而透明的翅膀
奋力张开，痛苦而惊惧。

它们是要在路上停歇，还是想
察看一片新的荒原？但是太黑了
即使有惊人的复眼。
当它们在夜晚飞行着降临，
没有一只人类之手
抛出一片救命的落叶。

每一条黑色的黏稠的道路上
是否都粘满了折断的彩色翅膀？
在那个难忘的夏天，我以为

见到了那么多堪称完美的羽翼，
而我全部的发现就是——在我决心
永不伤害它们的时刻，
一条崭新的道路，将那么多
泪光闪闪的生命送到我面前。

一个人的柯柯站

从西宁到格尔木，你坐车经过柯柯站。
一个三等站，建于 1979 年，那一年
我刚满十四岁，即将开始
以自由为名的漫长抗争。那一年
我憔悴不堪，却以为就要告别黑暗。
我不知道，遥远的地方有一个柯柯站。
一个三等站，较少人与货物经过的
小站。入冬的柯柯站
站台上今夜只有一个人。
没有同行者。在柯柯站
只有一个人，站在夜色中。
我的患有心绞痛的朋友，
你看到了这一切，时间曾静止：
一个人，一道暗影，顷刻间
我们就成为对方的微小物质。
我不知为何也要经过一个人的柯柯站，
一个三等站，建于 1979 年，
那一年，我刚满十四岁
就置身于荒漠之中。

另一个

无人能真正
接近那悲怆。即使

在船艄，无人
能真正给黑衣裹身的孤儿般的爱人
慰藉。

无人，即使一只手
挽着她，另一只手举着白菊
也无法靠近那灰烬。

给那冒烟的嗓子眼一滴水。

那轰响的钟声，在空中。
我们的沉默在燃烧。在大海中
翻掘，辨认。

（选自《诗建设》微信公众号，2021 年 2 月 22 日）

致友人诗

/ 邓翔

给 Lolita

Lolita，我将在一个你不知晓的
陌生之地爱你，
不表达，不阐释，
也不发出任何音讯。

你将看到某个奇特的落日，
听到风中树叶的言语，
目击闪电刺穿云层，
阳光浇注这个灾难的城市。
——这是必然，不是爱。
爱也是必然。

而你出现在我的梦中——
你站在麦田里，
风吹动你的头发和衣裙，你的面容
多么爱恋，多么温暖！
你手腕上蓝蓝的血管清晰可见。

这是爱吧？

可 Lolita，树叶照样在注定的

重量中下坠，
群星运行在他们永恒的轨迹里。

这是必然，不是爱

——给狗狗莎莎

光挣脱
尘埃的巨浪，
在与皮肤无关的边缘，
占据悲伤的席位。

哦，哑孩子，你的清白
让流浪的狗作证，
让野外的风指点
云的奶水，故地重游的旧址。

而黑夜的脚底
仍在抵抗徒劳的大路
和意识的行军。

夜，温柔的夜，慵懒的头发盘绕着你。

毫无缘由地身陷于此

——给母亲

毫无缘由地身陷于此，
毫无缘由地停留在这陌生的房间。
你可假设这是新泽西、大港，或世上任何
地方，只有窗外，卡车在稀薄的远方呼啸而去，
留下长久的尾音，只有树枝上的花蕾、高速路上的广告牌，
提醒你，身处何时何地。

“有一天，你会后悔的”，你的声音还那样清晰，
像远方的落日敲碎在锡箔般的地平线。
是的，这是你告诫我的话，
就像人世间必定应验的事情，失去了，无法弥补，
就像此时心疼的一刻钟，过去了，永不再回来

印第安人

——给乡村小学同学

大麦生长了
柏树在山坡上像燃烧的火
这路也够糟了
马路上尽是碎石
我选择了路边有草的地方

你就这样
穿一件粗布衣服
棕色皮肤，使我想起印第安人
厚厚的嘴唇，唾沫四飞
给我讲述外面的经历，带着自豪感

我躺在一块石头上，后面是一棵榆树
这天空就像微微烧红的生铁

你仍在那儿吗
短短的平头，仿佛削平的脸
赤着脚，走在红色的石谷子山上
让你的孩子拿着比他大得多的筐子
到后面山坡的玉米地里去

怎么又悲伤地想起

——给班组工友

怎么又悲伤地想起
在异乡，一个哥特式夜晚，阴暗的道路上
悬挂着潮湿的梨，某种日子泛起，
像酒精引起脸上的红色，像你苦涩的笑。
我陌生的大地，你就这样翻转而去，
如赌徒指间的牌，翻过记忆的背面，
那儿，时间仍在劳动，播种，生育。

谁晃动着敏感的天线，
谁的手仍轻摇着鲜红的灯盏？
微张的嘴唇迎来
光海中的异乡，铁轨、厂房在寂静中疼痛着。

南方

——给晓军

温情的紫罗兰和金黄花瓣的向日葵
这时，像做过错事的孩子
低着头，在雨中
话语虽然断断续续，在屋檐下避雨
不知不觉地又谈起了诗
谈起阴暗的木板房快要倒了
犹如孩子砌的积木
你说你喜欢大草原上那灰色坚硬的石头

被太阳晒黑了皮肤，那个男子
坐在开往南方去的火车上
穿绿色衣裙的姑娘

总是沉默的。她要走了

我的衣服已有几周没洗了
棉絮已有几个洞
蜘蛛降落，像一个跳伞的人
小心寻找着陆的地方

罗兹的梦

——给 LY

我很久没有碰过
她丰腴的上身斜靠在椅子上
梦见了一个清晨

在一个阴暗的房子里，我们不得不
将生锈的门窗钉严
抵御嗡鸣的蚊蝇

黑色的湖面上，燕子低飞
飞快地剪着呕吐过的云彩

“你也与那长者发生过关系吗？”
如今他已经死去。
在一个十一月的雨天里

儿女们已经流落到不知地名的天边
“他们自己会操心自己的生计”，你会这样说
我僵硬的膝头开始为我们的疏远道歉

而现在，你讲着波兰语，语气决绝
“父辈们的话我们已不会再讲，
那些死去的亲戚也不知了去向”

可水中的刀划破不了你白皙的皮肤
就好像我多年穿过的衣服
走过霜冻的大桥

此刻墙上水管里嘶嘶的水声
和你说着同样的话语

我爱你多年

狂奔的色雷斯人

——给桥桥

理论上说，若物体移动太快，空间就会弯曲
记忆也会吗？我又回到了这里
在新旧两个分开的航站楼转换，就像
当年一位逃难的色雷斯人，他刚从水井里
绞完一桶水，挤完羊奶，
罗马人就来了，他不得不赶着牛车，带上妻儿、
包袱，狂奔。而我奔跑又是为了什么？
为了另一场聚会、另一场告别？

我晓得，那一天已无法重现
连精确的德国人也无法再现那时的航站楼
也没有五月“德国的晴天”
一切都在改变！

但我仍记得十八年前的那一天，
也在同一个地点，我站在接客厅外等候
那个七岁的男孩，在到达厅内蹦蹦跳跳，
硬币一样跳几下，就消失不见了。
“是他吗？怎么一年后还没长高？”

我不安地疑问

整个过程是难忘的，连那天明亮的
光线，从车窗外射进来，照在坐在我腿上
你绯红的脸上。慕尼黑郊外的原野
平整得像刚刚叠好的餐巾

而此时，我再也找不到记忆中的景象：
那个男孩，那辆陈旧、浅绿的 S-Bahn
载着我们，重聚。带着满足的表情
从夕阳下归来

“不要紧，众神会一直
领着我们。”那位逃难归来的色雷斯人相信，
他会重新找到泉水、家人、那只走失
的山羊

历史微不足道，记忆更是如此，
就像那位无名的色雷斯人
就像我衣兜里折皱的登机牌

（选自“象罔” 公众号，2021 年 3 月 15 日）

阴沉木有古老事物的样子

/ 关子

索取

不停地索取，但又索取得那么少

玛瑙石锁上银边
等同于安全的保证

一株竹，一个盏，一个石器的花瓶
来自旧物的慰藉
无边的欲望。我们向世界索取承诺

害怕失去而索取
但我们索取，不停地失去
我们失去的世界，在索取里修补
得以存在

菖蒲在琴桌上
等同于提醒：风骨成为一种稀有的摆设
我们的贪婪
不停向世界索取一切
等同于：我向你，索取你
那么多，又那么少，又那么理所当然

听紫啸鸫唱歌

看见紫啸鸫。它鸣啾的那刻
生命里的某个时间

在山里，在某处
溪水边的岩石上。暗紫色的羽毛在跳跃

紫啸鸫唱歌唱了有多久
我们在那儿待了就有多久

老屋，松鼠，无花果树
你牵住我的手，姐姐在野花丛里

无花果在时间的后面
开花结果，松鼠去了哪里？

记忆的光亮，穿过那些宁静的夜晚
紫啸鸫的歌声跟随

山中的场景变换着，歌声忽左忽右
老屋也成为废墟

我和姐姐也到了你那时的年纪
是我们离开了还是紫啸鸫离开了

最初，是紫啸鸫没有了身影
歌声在偌大的天空里消散

紫啸鸫在与不在，那一刻的时间总在
总是有这样的一刻

没有缘由，空气里充满了无花果的甜
这就是一切，快乐的一切

再次看到紫啸鸫。温暖，被包裹的感觉
你牵起了我的手，阳光洒在老屋上

这理应是平行世界里的一幕
翻过了栅栏，来到面前。紫啸鸫的歌声响起

落叶

现在状态不好了
从屏幕上递过来的一句话
不知道要怎么接过来

一棵香樟树上的叶子
有的还在树上绿着，有的发黄
开始落下

树上的叶子会落下
但不知道会在什么时候落下
我抬头看到了它

如同看到一个深渊
但我看着它
它慢慢落下的过程，像一片落叶那样

如此。长久的注视
想起车进隧道的那一程幽暗
光，等在了隧道口

医院里见到触目的白
落叶慢慢逼近了地面

莲花在雨中

残荷的叶脉
我们的神经末梢，伸向四周
低伏水面上
它半透明，被撕裂开的
敞开的伤口
我们痛神经所感受到万物细微的战栗

雨打在莲花上
我们待了足够久
但从来都不在的地方
雨打在虚无里
莲花以真实的面貌生长出
岩石的多孔性

进入的可能
沉静。澄明
从内部分裂出，从外部闯入
荷叶之上，荷叶之下
夏天莲叶苍翠欲滴
而此时，秋香明亮，叶筋如骨

聆听的启示。莲花回到雨中，花瓣纷纷落下

在医院陪护的一天

阳光暖暖地爬进来
41 床被急救的场景

吓坏了40床
她调到隔壁房
她不知道现在躺着的床
那之前的病人
才刚死了
窗外的景致
秋去冬来
看不出有什么悲哀
凌晨2点，一个病人从五楼跳下
早上来时
地面已经看不出有什么不一样
陪护的两个多月
邻床来来去去
有的放弃了治疗，挂着氧气瓶回去
氧气用完时
是不是，人也就没有了
太阳照着背部
我们的话题落在了
那一天
无需假设的那一天
有人坐在我们曾坐着的地方
窗外的香樟树绿着，阳光也会照着
如果天气足够的好

古堡

石头是原住民
说鲜艳和干枯的问候语
它们也唱歌

银蜘蛛在古堡里
甩不掉的银丝线晃来荡去

它们熟知石堡里的一切

最小的一块石头说：你记得吗
最大的一块石头在说：我们会再见面吗
它们肩并肩跳着舞

踩着节奏齐声问：你会回来吗
它们话题的弧线
像银丝线落在视线无法出现的地方

它们已经说出
我们没有说出的话
我们永远不会再见面

围炉

小羊架在烤炉上
红薯在火堆的四周散着
谈些什么呢

人群从四面八方来，认识和不认识的
红薯裂开了口，在火光后面，露出
佛面、人脸，还有动物的模样

羊肉一片一片割了下来
红薯皮丢了满地
我们谈过些什么

人群向四面八方散去，认识和不认识的
但总有什么，与你彻夜长谈
火光之中，青峰之巅，星子之上。阒寂无声

茉莉香

夏天来的方式太熟悉也太平常了
第一朵茉莉
知道你所想的，你所经历的，你梦里的
在绿叶丛里，它的白隐秘、孤单
像拿不出手的礼物
不管为了什么，茉莉总是在夏天到访

在很长的一段时间后，老朋友们聚在一起
剥出的毛豆，在碗里哗哗作响
似水流年也抵不过
窗台上的茉莉散发出的陈年香气
过去与现在深情的一瞥
茉莉开着开着，我们就回到了过去

夏天原来是什么样子的
茉莉在开着
夏天现在是什么样子的
茉莉开着花。它们如此相像，以至于
在茉莉花开的时间里穿行
我们险些，就变成夏天里永远的茉莉香

呼啸

荒野里唯一的声响
落日垂下
绿皮火车带出村庄，奔跑的货车
车窗外站立等候的人
灯影晃动
窗玻璃上

一张脸叠着一张脸
熟悉也是陌生
火车进了隧道，光线暗了下来
声音被卷入黑夜
含糊不清
缥缈着还没到来的一切
仿佛就是此刻
灯光从高处投下一大圈阴影
面目不清的人
像想不起名字的人
像想不起在哪里见过的人
没有名字的脸
在动车的窗玻璃上
疾速后退
掠过了田野和村庄，空荡荡的站台
回到最初
被命名的事物里
可以是
一大片青绿的草地

阴沉木有古老事物的样子

飞扬着。黑色粉末带着迷迭香的气味
分散在黑压压的夜色里
分散在有着桃树李树、蛙鸣犬吠的夜色

要做成怎样的物件
才配得上她几千年在水里的等待
光滑、细腻、发亮的样子

时间在纵深处里开花
一瓣，我以为腐烂的生出新芽

又一瓣。那些我无法赋予修辞的花瓣

年轻的，衰老的，熟悉的，陌生的
还没到来的，已经转身的。自己的，他人的
我带回了我们

那些坚硬质地的承诺
在细密的纹理里闪烁。轻烟里
裹着静谧，沉思和聆听。什么样的轮廓慢慢显现

竹叶转着飘落像一首歌的旋律出现

悲怆的。平和的
给落下的情绪命名：悲伤，欢喜，平静
还有什么？在飘落里飘落

有一个我，独自和我一起
竹叶落下，从它本身落下，覆盖了它自己
一片遇见另一片，我和我重聚

我怀了我，我生下了我。我非我
我听到的流水声不是我的记忆
什么也没有说，也说不出来的竹叶在飘落

它们在我的思想里跳舞，摇摆着
雨滴在竹叶上，从四周垂落
我在想一个词

一个孤独没有意义没有终点的词
竹叶落下的声音是静谧的
整个竹林里只有雨声

竹林里避雨
雨要刚好，就像路过一样
没有一片竹叶会落到身上

在别人之外
我之外的事物全都辜负了我
地面上厚厚的一层落叶，柔软干净

适合回避和逃避
焦虑。我已变绿。很浓的绿，天真的绿
漫无目的，不确定的飘落

规划回家的路线
但我只看想看的风景
清凉的草叶。是真实也是虚幻

梦见的人活过来
他们没有面孔和名字
他们在飘落，这么多人。总是在失忆

竹叶到达地面
不紧不慢。每一片叶子都是
随心所欲但不能垂直飘落。是我

来自一个飘落的世界
空中飘落的悲，空中飘落的欣
生生不息

唱一首不知道的歌
音符一个个飘落。太晚了，太晚了。竹林里
竹叶都已经睡着。我从晨光里醒来

（选自《诗悦读》微月刊 2021 年 1 月号）

传说

/ 胡弦

传说

小鱼在网里、盆里，
大鱼，才能跳出现实，进入传说中。
那是运河的基因出了错的地方，
在它幽暗、深邃的 DNA 里，
某种阴骘的力量失去了控制。
昨天的新闻：某人钓到一条鲩，长逾一米。
而在古老的传说中，一条河怪
正兴风作浪，吃掉了孩童
和用来献祭的活猪。
所以，当我向你讲述，我要和
说书先生的讲述区别开来：是的，
那些夸张、无法触及真相的语言，
远不如一枚鱼钩的锋利。而假如你
沉浸于现实无法自拔，
我会告诉你另一个传说：一条
可爱的红鲤，为了报恩，嫁给了渔夫，
为他洗衣做饭，生儿育女。
——当初，它被钓上来，
流泪，触动了我们的软心肠；
被放生时，欢快地游走了。而当它
重新出现在我们的

生活中，喉咙里的痛点消失了，
身上的鳞片却愈加迷人。

傍晚的海滨

我常常以为我已迷失，找回自己
是艰难的。
今天，我来到这海边——大海仍然在这里。
有人在那边堆沙器，我在这边望着远方。
我望见的事物：
海鸥继续研究天空；
小岛，守着它无法把握的情感，又待在其中；
黄昏愈浓——潮水
喧腾，正把早晨时吞下的沙滩一点点
还给陆地。

漂木

漂浮在海上，它们
曾是船、远方、航线和港口。
后来，与海在一起，不再需要岸。
却又被捞起，现在，堆在简陋
粗野的木器厂里。
机器轰鸣，一只半成品的茶桌还不知它是茶桌。
地上，刨花像凌乱的浪花，在细碎中起伏。
因为耐腐蚀、耐沤，它们还将被做成亭子、花盆，
或铺在庭院里的路面上，
一块块，切割得整齐，像许多灵魂最后的流浪
结束后，剩下的副产品。

悬垂

穹顶上垂下一根细丝，底端
吊着一颗肥硕蜘蛛。
细丝几乎看不见，而一颗蜘蛛
出现在那里，正从空间中
采集不为人知之物，并以之
制造出一个便便巨腹。
光影迷离，蜘蛛的长腿抟着空气。一根丝
纤细、透明，绷直于
自身那隐形的力量中，以之维系
一个小世界里正在形成的中心。

顽石

据说，一块顽石变成
宝玉的时间，要比
面如冠玉的人变成一块顽石
慢一些。

那是在夕阳下，在那种
缓缓的沉落里，我们和一块石头
压住了黄昏。

小说怎样构成?
我听过一个假人的嘀咕：一切都是真的。
而疯子的呓语：假的，假的……

……缓缓沉落中，无用之物
才是超现实的——它收留了故事的
一部分痛感，以之维系

我们生活中多出的那部分。

一块结石。它爱着这世界，在远离
这世界的另外一个地方。

塑料花

儿童被教育，
道路被经过，
一张白纸上是鸽子的祖国。

明月是下一场游戏的筹码，
轮子，怀抱正在被使用的圆。

有人悄悄离开了我们，
而一朵云，是件被忘记在天上的事。
一面墙一直在光中漂移，
它有迷人的低音，
它的拐角是完美的。

我不说话，数学和酒也缄口不语。
动词正变成无辜的名词。

地板走过时有轻微的响动，
今年又要过去了，
桌子上的塑料花平安无事。

夕阳

一

它已快落到地平线上，

不刺眼，不响亮，几乎是幸福的，像个
孤独的王在天边伫立，
体内，金色骨架泛着温和的光。
嶙峋尊严，低吼，性爱过后晚霞般
散失的温度……
无声，鬃毛披拂，渐渐黯淡，
开始领受奇异的宁静。

二

曾经它是一幅画，
挂在租来的客厅的墙上，
连同光线下的田畴和小镇。
那时，它面色柔和，管理大地、黄昏，
同时照看一个几平方米的客厅。
有时灯灭了，它待在黑暗里，
让发光像一件记忆中的事。
现在，列车在飞驰，地平线在晃动，
我想起客厅的那面墙壁，仿佛
晃动着，从消逝的年代中回来了。

天鹅湖记

一

天鹅是个譬喻，是馈赠于
实体的一个幻象，让这片水从无意识
进入有意识——虚设之下，
不能飞的事物被安置在
被重新认知的空间中。在内部，
“随之，神秘的意志也出现了，在删除
你身体里的重力。”

当我们在电梯里上升，感到
某物比我们的速度更快，一个陌生的天空
在接纳那种升腾。
——神奇的是，它比电梯的噪音
还要稍微小一些。
但当我们步下舷梯，脚，则需要摆脱
无名空间那隐形的结构。
“就像正从一个古老的翅膀上走下来。”
灯火阑珊。只有在地面上我们才能意识到
年月的统治。
多么频繁的运动，只要稍稍站得高一点，
比如
站在阳台上俯瞰城市，就能顺便
审视这一百年来发生的事。
——液态面庞仍是安静的。不是湖水，
是显性的修辞曾经说服了我们。

二

因风而起，又颠簸于
一晃而过的秋天。
那时我们年轻，有量子纠缠所需要的
全部能量，和分身术……
在陌生街道的拐角处，
你背着风点烟，打火机那可重复的
咔的轻响，把城市
永远留在了听力范围内。

“楼房的阴影和飞行有关。只有
不属于它本身的事物
在提供自由。”
湖是前身，翅膀乃身后事。反之亦然。

“原名带来安慰，但它是一个
不会再被梦到的梦。”
游船轻轻荡漾，你觉得，
现在就出发也未尝不可。

在艾青故居

从这里出走，去远方。
而我们沿着相反的方向，来看他的故居
——并非来自他讲述的时空：如果
有回声，我们更像那回声
分裂后的产物
老宅是旧的，但探访永远是
新的发生——在这世上，没有一种悲伤
不是挽歌所造就。我们
在玻璃柜前观看旧诗集，说着话，嗓音
总像在被另外、不认识的人借用
他不在场，我们该怎样和他说话？一个
自称是保姆的儿子的老者
在门槛外追述，制造出一种奇异的在场感。
——我感到自己是爱他的，在树下，在楼梯的
吱嘎声中，我仿佛在领着
一个孩童拐过转角，去看他贴在墙上的一生
从窗口望出去，是他的铜像
在和另一个铜像交谈，神采焕发，完全
适合另一个地方的另一段时光。
老墙斑驳，但我已理解了
那雕像在一个瞬间里找到的意义。
滴着小雨，铜闪亮，我感受着
金属的年轻，和它心中的凉意与欢畅
他结过三次婚——另一扇窗外，双尖山苍翠
在所有的旧物中，只有它负责永远年轻

被捕过，劳改过，出过国，在画画的时候
爱上了写诗——他在狱中写诗。
——昨天不是像什么，而是
是什么。他的半身像伫立在大门外，手指间
夹一根烟，面目沧桑，对着
无数来人，仿佛
已可以为自己的思考负责，为自己的
一生负责——最重要的
是你的灵魂不能被捕，即便
被画过，被诗句搬运，被流放和抚慰——
它仍需要返乡。要直到
雕像出现在祖宅里，他的一生
才是完整的。我凝视他的眼，里面
有种很少使用的透视法则。而发黄的
照片上，形象，一直在和改变做斗争。这从
完整中析出的片段环绕着我们，以期
有人讲述时，那已散失的部分，能够跟上进入
另一时空的向导。而为什么我们
要在此间流连，当它
已无人居住，但仍需要修缮、看守，仿佛有种
被忽略的意义，像我们早年攒下的零钱
而穿过疑虑、嘈杂、真空，一尊铜像
已可以慢慢散步回家
又像一个沙漏，内部漏空了，只剩下
可以悬空存在的耐心：一种
看不见的充盈放弃了形状，在讲述之外
正被古建筑严谨的刻度吸收。

（选自《人民文学》2021 年第 3 期）

悬崖歌

/ 刘年

悬崖歌

多少年了，悬崖始终没有退让

只有胆小的岩羊，认为悬崖是最安全的
只有对面的悬崖，理解悬崖

望着人潮人海的深渊，我是座一米六三的悬崖

你的脸颊
亦有陡峭之美

小麦歌

想念小麦了，想念麦浪推动的云朵和天山
想念麦浪淹没的小路和裙裾

总是这样，在湘西，想念倔强的小麦
在大西北，又想念谦卑的水稻
在西水岸，想念荒凉和高寒
在阿尔金山上，又会想念老家的渡口和渡船

想念，像水和食物一样，滋养着我的生命

旧歌

第二次走过的地方，都成了旧地
靠着陈旧的土墙，人也旧了
陈旧的人，想过的人，都成了旧人

陈旧的人，倒下去，就睡着了
睡得很死，像个陈旧的土堆
陈旧的土堆里，埋藏着一具崭新的白骨

大雨歌

冒着瓢泼大雨，提着花洒，给木槿花浇水
他表情肃穆，一丝不苟

老天爷表情肃穆，一丝不苟
给卵石浇水，给旗杆浇水，给树桩浇水，给铁栅栏浇水
给水浇水

给浇水的人，浇水

尖锐辞

作为一把刀子
我看谁都不爽，看什么
都觉得多余

只有她，像刀鞘一样
包容我的冰冷
“递刀的时候
要将把柄，对着别人”

作为一把刀子
什么都想深入
什么都想挑破

只有她，像伤口一样
包容我的锋利

作为一把刀子
我随时准备与这个世界了断
但我的把柄
在她的手上

独居谣

还是大一些好

鱼大一些
可以几天不做菜
窗子大一些
装的山就多一些

雨大一些
会把整个世界变成
一件乐器

床大一些
可以放更多的书

看母亲种菜

愿意和美好的事物坐在一起

靠河的土埂上，有胡葱花、豌豆花、鸢尾花

她依然会跟菜说些老掉牙的话
而菜，回她以新的叶片和花朵

四十年了，她种的黄瓜依然麻口，她浇的粪依然是香的

高歌

去高处。看一看，天空是否完好
需要到六千米的高处，看一看，鹰的去向
需要五千里的雪，冰镇我的焦虑

落日滚下昆仑，四野一片漆黑
继续走，就这样走，一个人走，一直走
一直走，一直走，一直走

慕士塔格，乔戈里，夏岗姜
冈仁波齐，珠穆朗玛，罗波岗日，希夏邦马
每一座雪峰，都是人间的灯塔

击壤歌

敌意，农药一样，残留在土壤里很多年了
锄头，散发着冷兵器的光芒

挥锄的姿势，自古以来没有变过
因为想到某些人的头颅，种洋芋的汉子
增大了挥锄的幅度和频率

种洋芋的土，被人捏成人的模样，放进神龛里
种洋芋的汉子，跪了下去

戈壁谣

电杆，学着胡杨的样子，屹立着不倒
一只红色的塑料袋，在电线上，经幡一样
噼啪作响

一只塑料袋，学着赤狐，在戈壁滩上狂奔
另一只塑料袋，学着金雕，高高地，高高地，高高地
试图飞越乔戈里峰

骆驼谣

你们说的金银、丝绸和香料，是骆驼的负重
你们说的肿瘤，是骆驼的驼峰

牛羊埋头吃草，只有骆驼望着远方
笑它痴呆，因为你们闻不到沙尘暴的味道

你们说的昆仑，是支驼队，为人间驮着五千里的雪

大西南

二姐如同澜沧江，流经佛教地区后，开阔起来
她说卖保险，也是普度众生

我是怒江，拼命地抓着自己的溜索
一头是碧罗雪山的悬崖
一头是高黎贡山的教堂

大姐是金沙江
石鼓第一湾，是她向满头白雪的青藏高原

最后的回望

（选自《十月》2021 单月号 -2）

陌生的海滩

/ 楼河

光明行

我仿佛有一个表姐，两百年前
赶集去了苏州
回来的时候一身丝绸
全是江南惨绿的颜色
像快乐的瞎子等到了黑夜

如果是苏州，如果苏州到处是桥
还有拉二胡的人吗
在桥下，是年轻的疯子
他想鱼儿在他头上飞
呼吸像朵花
香气扶住一个
穿旗袍的女人在桥上打伞

三月风暖
清明的水乡
池塘暗绿
水草如烟
太阳像杏花村的旗
风来病恹恹

那时候二胡就疯了
他先是打碎了鱼缸
放走了两条金鱼
落水声从苏州的小屋响到了北京
他卖掉了鞋子
把一棵柳树穿在脚上
一座桥和集市都在他的身后
跑，像一幅画
他跑出了那方形的时间
他跑出了圆形的音乐
听见，太阳光一朵朵
泥土咣当一声
树林里，嫩鸟都在叫呢

陌生的海滩

山谷中可以听涛声，波浪
一阵紧过一阵，一根绳子捆住了一束花

这个陌生的小海滩似乎从来没有人来过
没有脚印，风摸着石头上的盐粒
船静静停泊，像守望者住进了相片

我从山路上翻到这里，像蔚蓝的天空下
绳子上晾着的一件白色的衬衣
这样轻飘飘的，被海风吹痛着心

多少年又多少年了
当我坐在沙滩上的石头上
吃纸杯中的小甜点，我会这样问自己，问时间

阳光在空气中打了个蝴蝶结

贴在我的眼睛前——那光泽如此耀眼
一个声音告诉我，我来过此时此地
真实而虚幻似乎神话

静默持续，缭绕在耳边如远远的蝉声

随着月亮逐渐清晰，潮水慢慢涨了起来
分针捉住了它的苍白，而秒针捉住了我的心
是狂跳的瞬间的青春

他来了吗？在那里——
他站在山谷的绿枝上跳下了大海

一次电话

星期三的黄昏，
乌云没下起雨，
就去小池塘吧，
看鱼儿的悲伤，
和卷起的腥味，
等着小雨过来。

我在风里看鱼，
池塘喝着脏水，
长椅说木头话，
石头说哑巴话，
只有我在伤心，
还碰伤了额头，
手机里听轻笑。

福州城有我的
亲人喝酒划拳，

个个都是好人，
好人都走他乡，
好像烟花四散：

她在灯厂做工，
他在板场劳动，
她在村头养鱼，
他在坟里睡觉。
我为他们祝福。

节日的明月

想当年父亲在世时，我们与他
在姑妈家吃过晚饭，回来时看到了节日的明月。

经过一条小河，过桥，
看见水中月亮的褶皱，提着裙子的花儿。

老巷里他用石子打狗，为我们开道，
我看见节日明月的相片浸透了他弯腰的形象。

母亲话多，父亲少语，
他的脸色苍白像沉默的纸，真是个斯文人。

风极细，田埂上吹来丰收的香气，
寂寞啊，拐了角的坡路有百米来长的距离。

是轮好月亮，天晴不落雨，
我们翻坡归来，听见柚子树里百鸟歇息。

峨眉诗

灰雾中进入某种暗蓝。
上午，成都郊外的宁静擦拭着它的玻璃窗。
在你回忆时，你的天使也是暖和的，
站在天外，透着光，手持
他的塑料花。
高速路有时也是一条鱼，相对论
把你丢给了大海，
你的灰尘游进了瓶子，你的
葫芦样的小城全部开着旅游巴士。
她就在车中，拿着
地图向你推销风景，
一个地点就是一个百年。

2

她的名字起着烟雾，隔着
一块毛玻璃。
你凭着记忆寻她，
模仿着她的古典，
突然变得清凉而敏捷，
像嗅到了山间的草药。
寒冷的碧绿建造着它的山谷
桥梁和寺庙。
它的化身独坐在桥头卖水果，脚边
落叶像硬币翻转，
它可能是峨眉也可能是
北京。

3

虚无上升，慈悲心飘来飘去，
雾的推手，
让我听见深谷里伐木的旧闻。
它的村庄荡漾着，
忧郁的光波里提着一尾鱼。
它的村庄就是我的村庄，
深谷中，
神仙们像蘑菇坐在树桩上，
钟表上流着绿色的汁液。
我走进羽绒衣，鹅毛
走进纷纷雪。

4

雪意之前，下午的
离垢殿
五百罗汉组装静物的一刻钟。
取暖器鼓动热风，
她织毛衣，
呼吸像时针走动，她的
身边有五十亩油菜地和几张门票。
花——她正织着
吐露出和蔼，
使罗汉殿飘满了祥云。
她织着织着，
她锦缎上的鸟生出皱纹。

5

远山供应的墨水染着这一切，山顶
有一颗心是肉做的，
他骑着大象渡过云海，
手里握着一个千山的笛声。
此刻，雪地小动物遁入人间，
鸟展翅却是一扇空门。
冉冉的，
风扫净台阶迈向一个譬喻：
日出时，荷花
藏在了荷花里；荷花微笑，
仿佛宇宙的胎儿。

二十年前的雪夜

晚自习后下起了雪，
我走在河堤上迎接这些雪花，
此刻的寒冷让我觉得一切都是公平的，
我和你们，和他们
一齐感受它的冷、它的美丽。
我暂时忘记了，一直有一种绝望
压在我的心头。在夜的白雪里，
空气会让人变得轻盈，飘荡着幻想。
我仍是独自走着，
雪在脚下的声音像孤独的影子，
陪着我，而我像个幽灵。
河水仍在流动，幽暗地闪光，
隐约的动物浮现，吸引我走向它，
像走向一种死亡。
但那时我不知道什么是恐怖，

我觉得自己发着光，像充满悲伤的天使。
微风把薄雪带进了我的颈脖，
一根针一样的冰冷迅速化开又不断奔来，
直到一种喧哗的声音像河面的波浪不停起伏，
我感觉，不是我看望它们，而是
它们读着我怀抱里的书和痛苦。

你为什么哭了

你哭了，你为什么哭了。
你坐在公交车上，窗外闪过抖动的树影，
耳机里盘旋着一曲哀歌，
那站在你身边的人已经工作了 14 个小时，
但她没有哭。
那和你一起长大的人还在工厂扛木头，
他的母亲还在暮色里挑几棵菜，
他的儿子还在露水中割鱼草，
他们都没有哭，他们
并不知道你过着怎样幸福的生活，
或者怎样的痛苦、孤独。
深秋了，你哭在一种寒冷的萧瑟里，
但拥挤的车厢依然闷热，
所有拥挤的脸都是迟钝的，
所有迟钝的脸都像弄脏了的蛇皮袋，
被手机屏幕照亮。
蓝幽幽的光，油亮的皮肤和眼睛。
只有你哭了，哭在绝望里。
这拥挤没有尽头就像一个坟场，
这蝴蝶一样的女人有一个蝴蝶一样的命，
这狗一样的男人像狗一样活着，
他们不属于这儿。
她们在商场卖衣服但不属于商场，属于夜市；

他们帮人搬家但没有家，只有力气。
车子颠簸着，像走在沙漠里，
街灯像发光的水母在车窗上游荡。
你在泪眼中看见黑夜里的城中村
——那个你落脚的地方，
就像披挂在山坡上的一座贫民窟星系，
颤动着绝无仅有的光芒，
而每一颗星光都有一个幽暗的愉快和痛苦。
它们都如此宁静、美丽、空虚，
仿佛被泪水净化。

梨花树下

她们在树下摇动梨树，
一阵粉白色的花雨，一阵笑声。

花期将尽，而她们也已苍老，
却试着让年幼的孩子爬上了梨树。

这十几棵梨树组成了一片花海，
这海等着月亮的观照。

这里应该下雨，雨后还应该有
酝酿另一场雨的乌云。

事实上雨已经下过，
枝条上全是冰冷的露珠。

事实上还应该有另外的东西，
比如一个农妇喂猪时经过开花的梨树。

也许还有开花的桃树、涨水的池塘，

数不清的过去和惆怅。

花雨纷纷，梨树下绿草凄迷，
她们穿着彩色毛衣是一家狐狸。

她们离我很近，就隔着一棵梨树；
其实很远，就像这棵梨树喧闹的背景。

我的相机拍不了她们的画面，
我的记忆里有她们永远的形象。

此生短暂，如花开花落，
此生无涯，如狐狸行雨。

（选自《诗建设》公众号，2021 年 3 月 26 日）

云端之上

/ 娜夜

火苗最旺的地方

我可以分辨三只鸟的叫声
一只在黎明叫醒我
窗前雨雾缭绕
梭磨河日夜流淌

一只让我抬头看见
云朵飘出的寺院
在天空停留了很久
在云端之上的阿来书屋
停留了很久

它仿佛从上一个世纪飞来
在罗吾楞寺
不丹小王子站立的地方
沉思默想
我和巴桑这样翻译它的缄默：
请相信吧
每个生命都有量子纠缠的另一个自己

斯古拉

斯古拉落雪了吗？
落了
小小的沙棘果就熟了
孩子们唱：让马儿闪闪发光的树……

跳下云朵
努力返回故乡的长尾鸟
在童年的溪水中看见自己了吗？
看见
它就老了

斯古拉
每一个生灵都有来世
每一条溪水都来自前生

当我们靠近
用胳膊遮住笑容的吉姆奶奶
她的四颗门牙都补上了吗？
补上
草原的笑容就露出来了

寂静啊
斯古拉
你有没有来世变成一块云朵或一座雪峰的愿望？
有
你的眼泪就下来了

溶洞

无中生有的恍惚之美——

如果你正在读《站在人这边》
就会在潮湿的石壁上看见一张诗人的脸

那是一只飞出了时间的鹰　羽翼饱满
那是天天向下的钟乳

还是上帝的冷汗：冰川融化　生物链断裂
石壁的断层　似树木的年轮

所有的神话都摆脱了肉身的重量
一个奇幻的溶洞需要多少次水滴石穿的洗礼?

一个诗人意味着接受各种悲观主义的训练
包括为黑板上的朽木恍惚出美学的黑木耳

如果你指认了某个美好时代的象征
你会默念与之相配的名字　看见思想的灿烂星空

当然要为溶洞里稀少的蕨类植物恍惚出坚忍的意志
为消息树恍惚出一只喜鹊

为一匹瘦马　一架风车恍惚出堂·吉诃德
已经很久没有舍不得把一本书读完的那种愉悦了

那是绝壁之上的虚空
某种爱

头发已灰白
心中静默的风啊　什么才是它的影子

白帝城

夜观星象
直到把黎明融入其中

一个普遍失眠的时代
有人数羊
有人默诵出师表
有人反复拆解着夔字的笔画
有人在天花板上临摹：万重山

观星亭
古钟高悬
飞檐上端坐着几缕清风
几个古人
看落花
听无声

安眠药里
我梦见自己
解开发辫
策马扬鞭
为把一纸赦书传给李白
叫醒了莫高窟壁画上的飞天：快　快

清明记事

我亲吻着手中的电话：我在浇花
你爸爸下棋去了

西北高原上
八十岁的母亲声音清亮而喜悦
披肩柔软

我亲吻 1971 年的全家福
一个家族的半个世纪……我亲吻
墙上的挂钟：
父母健康
姐妹安好

亲吻使温暖更暖
使明亮更亮
我亲吻了内心的残雪　冰碴
使孩子和老人脱去笨重棉衣的暖风

向着西北的高天厚土
深鞠一躬
……

（选自《民族文学》2021 年第 3 期）

关于李白

/ 姚辉

关于李白（节选）

一

你应当被琳琅的星辰
再惊醒一次

灵肉中的山河依旧以痛
及醺然的方式活着
谁　被绢帛之影遮掩？
虫蛀的字句再次萌发如风般
坚固之芽　歌与梦
仍将重复长剑边缘呼啸的
千种霜色

浮云又起。捉月的人
还能以所有遗忘的道路
证明什么？遗忘也是一种代价
拼尽酒意的人属于更为
古老的遗忘——你是让杯盏
死去活来的人　你
将大半个朝代掖进骨缝中
你修订星辰守护的善恶

一些星光袭用你的空旷
从这个夜晚上溯至累累呓语
你流苏的醉始终绽放光焰
那些被酒滴压碎的身影
曾交换过　让殿堂倾斜的
哪一种沉默?

你　即将让铁铸的星空
再上升一次

二

你在山中未遇见的道士
正端坐在桃花萼中
他念风云诀　将方形露滴
嵌入鹿的路径　他
为悬瀑准备了多种飞翔的方向
他让钟声内部的锈迹
成为最后的方向

他在青色雾岚中安放
竹刻的所有警觉——谁
是将你的足迹挂上
鸟翅的人?你认得他
折叠的梦以及伤势

草剑上浮动一个
丰腴的时代　桃花可能
会替换黎明的某种
白色阴影

他给你三种松树的遗忘

一种让赤日战栗
一种源自为云请命的头颅
一种属于烈风　属于风与热血
难以闪避的最初疑惑——

三

月亮是某种纵横术。以
灵肉互补的甘苦为界
月亮　是剑戟试图交换的
大宗焰火

月亮让谁的名字褪去
苦难的底色？你自月影中
降生　像泥淖深处
那朵呼啸之莲　你的热泪
让三种月色活着　你
擎着　月亮燃烧的往昔

你让月亮的翅翼反复垂落
月亮为谁归来？江声
被千百次镂刻在竹简上
你是大江绯红的骨头
你掌握着月与流水
悠远的习俗

你将冰雪淬炼的月亮
搁进父辈的背影　父辈需要
一些新的背影　你必将
成为这背影的一部分

你是被月晕多次耽误的赤子

大江朝东而梦境却总向西
你挥舞的长剑　已嵌入
梦与江潮湍急的追缅

月亮不想再成为某种
纵横术　它退回到
凛凛苍茫中　并以爝火
墨绿之痛　复述偌大
天穹永无止境的
麻木与期许

四

比梦境低矮的山总在逾越
风雨的平仄　春秋被纳入
乐府的节律间　你如何
凭借一个生僻的错字活着？

你如何活成一种警示？
鹏鸟将道路置换成诅咒　酒
与烟尘　水势中的龙影反复生锈
祖传的骨骼陪龙影生锈

向殿堂中的蠹虫递上某种祈愿
你还将预留多少祈愿？冠盖
压碎灵肉　一个将咏唱
叠成启迪的人　为何总在
一遍遍错失墨写的寄寓？

桃花和露。一己的爱欲
被挂在宫墙上。歌。
云霓服务于王者鲜艳的痼疾

弹铗者醒着　弹铗者
只能无辜地醒着

你的命运系于这莫测之月
起初　你将月亮从襁褓中扶起
然后给它金质的肝胆　痛
遐想　然后你把桨声还原成
月亮黝黑的未来　你从波澜中
捉取的月色　仍在取代
史册歉疚的千种慰藉

五

用一座山　抵押
命定的风霜　而你必须
剔除那多余的弦月

让帆也成为山影而你曾漠视这
飞翔之帆　被酒意划伤的帆已早
忘却创痛　你在杯壁上
搁置龙的凝望　你
让帆进入铁打的波澜

那隔着月色寻找天穹的人
标示出苍茫的秩序　他
躲在你骨节中　以季候之暗
印证你无法印证的
各种霜色

山：东面的风硌痛
姓氏与道路　西斜的风
为谁挪动既定的怀念？

你　将再次隶属于
墨渍左侧的弦月

六

让酒入梦。这绮丽之想
仍将发出典籍与痛暗黑的
千种震颤

酒已让梦境　辟出
遐想及爱坦荡的通途
酒经过你灵魂时必须绽露
绯红的追忆　酒是多种寄托
那些被酒的波涛锻造的
夙愿　已然超越所有值得
珍藏的苦乐

酒。昼夜历经了反复咏赞
一个人固守的酒
是否　还能发出命运
悠远不变的回声？

你布置的词句充盈
漫漫酒意。千秋襟抱
也是某条道路至关重要的
冀望　抑或崎岖……

——还是以酒为梦吧
在多刃的风云深处　你
仍会沦入　生涯最为
刻骨的沉醉

七

炼丹者背负赤霞静立。

他　在疾风上
镌刻黛青色蝌蚪文
熟悉的火势　照彻旷野
他将大量身影移入
古老的灰烬

你敲击的文字被他塞进风的
第一种冥想。他替代过
你的遗忘　替换过谁
易碎的警惕?

而露滴与烟尘进入
既定的淬炼程序中
还有一己之痛　颤抖的往事
以及迷误。陈旧的星光
也可以通过熔炉逼近
最初的苦乐

你无法听清他持续诵念的
口诀——霜　正烙上
丹粒焦煳的震惊

你　将在什么时候成为
炼制梦想的唯一火焰?
你修改他或天地的
秉性　从某句多棱的誓言上
取下各类纯金的

细小颗粒
一粒药丸顺黄昏滚落……
灵肉裂开　欲望在寻找
某种华美的对应

八

让一条江沉默　是黄昏
对我们唯一的诉求　而云
将告知我们该以怎样的
方式　让大江沉默

你是比江水走得更远的人
除了痛与爱　灯盏能
照亮的已只是这片
汹涌的波澜了——你可能
已早适应了波澜
易变的沉默

云也在被不断改变着
从漩涡内部　移至
岸石永远嶙峋的梦境
云在自己的筋骨里安放
绿色雷霆——而大江
依旧。你随霉变的月亮
重新浮出典籍

可能仍会有人把整条大江
装进杯盏中。沉默
是一种宿命　你在火与
朝代的面具上　凿刻
江流古老的救赎

九

可能会有一种长夜
仍在宫殿之上
时隐　时现

是被鸟翅刮伤的夜或
风雨固守之夜么？玉冠下的
头颅　开始颤抖
你将玉冠罩上粪土
——王侯的幻梦又划过了
雨与风声承载的习惯

你如何让玉冠
忍住　那么多疼痛？
世纪像一道铁栅　嵌在
呓语之外——而我们
已让酒滴中的往事
越发遥远

夜
渐渐高于烛光
我试图泅渡的酒意
随火势斑斓……

十

摘星人已将指纹印上
浩浩天幕——

可以泄露的命运关乎

生涯与爱　摘星人超越
风云　不断检测
苦痛与火晶莹的成色

“不敢高声语？但可以
撑开旧帆。你适应的沉默
触动　苍凉而远的回响……”

星盏内浮动大家固守的
祈愿——光荣属于挚爱
属于星与星之间
既定的　辽远秩序

如果星辰再次上升
你能否唤醒烟云
代替　灵魂闪光的
各种期许？

而曼舞之星
已成为　某种
值得珍藏的梦境

（选自《作家》2021 年第 3 期“头条诗人”栏目）

蔷薇花道

/ 叶丽隽

微响

十月薄凉呀。披衣，倚窗
“我灵魂的四周天色已暗”
雨，还是泪水，滴答着千秋微响

啊，始终有一个
未完成的书写——如这明月孤悬
囊萤映雪般，亮着肯定的光

我知道我错了——
我正努力，重新接纳一切
人的情感……碎浪，渴慕着海

君不见，远山已墨。我起身
再次驯服地
交出我的年月，和备受奚落的内心

随黎明而来的储藏

在天亮前醒来
独自吃早餐，和四周的宁静
以及黎明前的晦暗

融为一体。渐渐地，我成了餐桌上
木质的纹理、瓷盘的哑光
成了纱帘、墙纸、窗外那株
黑黝黝的大樟树
但是没有成为它：
一只毛茸茸的灰松鼠
警觉地趴在窗外的花盆里
停顿片刻后，弓起身
快速地用两只前爪刨着土
然后麻利地埋藏下腮帮中夹带的坚果
一个，两个……我已无法动弹
亦无法再掩饰自己
在表面的平静和底下的积雪之间
裂开了一道新鲜的缝隙
有种奇妙的剧烈不适，慢慢涌起
并充溢——难以定义，那是惊怯呢
还是一种希望

栅栏

或者烟花一样，怒放的紫薇
或者婆娑的竹影，芭蕉，三两朵
摇曳于风中的玫瑰

隔着形形色色的栅栏，我日夜游荡——
你在渴盼什么呢，我的
蒙昧之心？一枝红杏
还是满树的桂花香

还是那个雨夜，初生的、气若游丝的
猫咪声，渐渐消隐于
相互嵌入的枝干和铸铁的较量后面

而在二院的隔离长廊
一个男青年的脸庞，变着形
硬生生地要从不锈钢的缝隙中挤出
一个时代的迷狂——

瞧，矛盾——这深埋于我们体内的
陌生部分，活力的渊薮
使得我们厌弃自己，孤掌难鸣

豌豆饭，或早春

母亲喜欢赶早。清明前后
第一餐豌豆饭
是我们全家团聚的时辰

糯米和香米的配比，全凭母亲
多年的经验，淘洗干净后
用清水泡上；带肋骨的咸肉
在沸水里焯过，备用

豌豆和雷笋，则需要当日的时鲜
有一年，也许是时节太早
父亲从菜场回来
买到的是冰冻豌豆。我随口说了句：
“我还是喜欢吃新鲜的……”
父亲二话不说，再次出门找寻

此刻，豌豆饭焖熟了，袅袅的热气里
咸肉金黄、雷笋白嫩
碧玉一样的豌豆点缀其间
粉糯鲜甜——

母亲烧得累了，她要小憩一会儿
静静地，看着我们吃。窗外
蓬蒿遍野，青峰凛冽……我们的父亲
正置身于这场无边无际的葱茏之中
置身于眼前
这钵豌豆的翠绿中

寄居

快一年了。惊诧扼住了我的咽喉——
哑默中，我暗暗打量自己
犹如探访一个全然陌生的人，一个敌人
顺流而下的日子里，我已无法确定
所处世间的位置，亦无法打捞
那狂浪中，一片片需要救赎的记忆

我读到一个诗人赴死：
“他悄无声息地来到最黑暗的一条街上
解开了自己的灵魂……”

但是晚了……低调如何？蔑视又如何？
蜂群已离开——我扑在它们昔日的洞口
深嗅着那隐蔽的巢穴、香甜的蜜

蔷薇花道

特别是春夏时节
傍晚回到家，天还大亮着
我会轻身出门
步行至附近的菜市场
因为蔷薇盛开在必经的路途上

经常地，我只是要买一点
新鲜的盐卤豆腐
那，几乎像是每一天的日子
朴实无华
单调又不可或缺

——蔷薇花盛开着
绵延如梦幻……甚至那粉色的花瓣
铺了长长的一路
沾上了行人的发梢、肩头
镶嵌在婴儿推车的篷顶

经常地，我在街边的长椅坐下
花瓣宁静地飘落
而托在手上的豆腐不断散发着暖意
嗯这确实是，每天的生活
实在的，易碎的，带有温度的

琴遇

夜鸟赫然出现
像一个来自深宵的
浑身漆黑的疑问
阳台地面上，它焦灼地徘徊走动
尖细的喙上下啄着
叩击着落地玻璃窗，甚至
扑上了整个身躯——
我弹拨的手指静止在古琴上
多么突然，人和鸟
就这样相遇在夜半的琴声中
这人世间，我守望了多久？

一根孤独的琴弦
渴望着触摸彼此的心跳
不由自主地
我屈膝俯身，向着它
慢慢靠近。余音未绝，我可以
缩得更小

后山

穿过咯吱后门，避开疯长的蒿草和杂树
我们闷声爬上这块崖坡
脚边的小块菜地，显然刚被野猪拱过
头顶上，是成串的糖梨子
以及零散的、涩涩的青柚
通往废油库的木桥已腐
巨大的圆形仓库里
铺满地的青瓷坛装烧酒，已经尘封了多年
我们牵手而立，似乎也已相熟多年
不多话，几乎屏住呼吸
两个人的心跳
在山塆咚咚地响起

野蜂飞舞

隔着一层地板，我们安于各自的巢穴——

每天，从门墩的缝隙处
野蜂们，飞进飞出，辛勤地忙碌

我呢，白天也总是紧闭百叶窗帘
在这间昏暗的屋子里，一个人劳作，发呆
一个人，所思莫名

间或走出屋子，看小院上空
野蜂嗡嗡，盘旋飞舞，为着那芬芳的蜜
为着地板下，那黑暗中的王

我总是默默地仰望，困惑于
它们复杂多变的舞蹈，和我这兽体内
惶惶不知所终的中心

回溯之境

当我惊醒，却已是连同被子
扑在了地上
那时幼小，人轻薄
从床上掉落，也未曾惊动母亲

她正伏案——煤油灯忽闪，摇曳不定
在她背后
那投在墙上的身影
仿佛一只不断变形的兽

埋着头，母亲整个地
浸身于一场书写：一封信？一纸诉状？
抑或一段
出走前的留言？

光阴流逝，这一支
无声的抗议之歌
我母亲此生
对于宿命的竭力反驳，让我一再地
从回溯的梦境中掉落

（选自《诗刊》2021 年第 2 期）

见证

/ 育邦

最快修复的

从河谷的斜坡上
我带来一把河泥，放在
玻璃瓶中
哦，还有一棵狐尾藻

从倦意的深涧中
我带来一块石头，作为
给你的礼物，把它
放在黎明的梦里

从被剥夺的故乡
我带来一朵白云，迎接
梅雨、闪电，与身份不明的来访者
在小山冈上唱起那首歌

最快修复的，是那些
反复消逝而又点燃的萤火虫
黄夜中沉默的种子
此岸与彼岸，同样发光

忘筌山居

瓦罐裂缝了
而其中的鸢尾
开花了
花是蓝色的

石臼里有水
映着春山的面容
还有挤着肩膀
向上生长的茨菇

枇杷是八年前栽下的
艰难的春天
它第一次结果
结了八九个果子

窗户下的南天竹
已树影婆娑
那是我的朋友
在七年前种下的

湖石从不说谎
像我的朋友一样
蹲在地上
脸上长出一棵蛇床

我们去山中
挖来一棵小雀梅
给它安家落户
就像迷路的孩子
走回了家

修枝

从冬季遗留下来的废墟中
升起延绵的群山，晦暝的天地
吻过女儿，我打开栅栏
用锯子，锯掉枯枝
用园艺剪刀，修掉败叶
哦，那棵青枫树
好像要御风绝尘
飞出我的庭院

一朵云，从我的头顶上经过
它这一日、一年、一生
划过天空的四季，与一个人一样
终会成为雨水，降落下来
或者变为水汽，消失得无影无踪
成为参与循环的废物
化为禁欲般的黑暗

在我顾影自怜的眼眸中
寂静燃烧的树林，依稀可见

两个场景

土地测量员，走过
隐形的拱门
从溃败的青春矿石中
赎回一朵带刺的玫瑰

锡兵飞向火炉
爱的薪柴化身为黑炭

湮灭的身躯，生出溪流
——寂静的泪川

莫奈花园

在莫奈花园，我们折断羽翼，
度过一个赤裸春天。

林间散射出光束，寂静的画笔。
桤木的阴影下，少女们如风一样走过。

浮云放慢忧伤的脚步，
在不可触摸的美中降落。

纯粹与光线，超越时光的慈悲。
烟霞之中，隐藏着对万物的辞让。

谁还记得死亡流水线？没人回答。
水滴在睡莲的叶片上酣睡。

吉维尼的阳光，从泥土中获得纯洁的茎秆，
……摧毁黑夜。

印象果园，敞开一扇大门，
还有一条通往远方的路。

夏日

熏风与松涛的弥撒，
传遍五月的大海。

天空碎裂的钟声，迫使春天交出

迟到的冰块，以及暧昧的夜晚。

我们在季节的铜板上，蚀刻
一只斑鸠，一株羊齿植物。

提起一桶水，去浇
那棵唯一的果树。

五月的黄昏，我们弯下腰，
亲吻新生婴儿的脸庞。

炉膛、陡坡、闪电……生出羽翅，
为他熔铸！——并向火焰致敬。

多年以后

多年以后，我赤脚
在沙滩行走，走向你
鲸鱼跃出海面，为你吞食
中年的黑暗
海豚长着一张婴儿的脸
眨着眼睛，对你微笑
木帆船，在银光闪烁的海面上
犁过贫乏的岁月

黎明前，你含泪
从冰块的巢穴中现身
飞向生与死的丛林
打开残破的喉咙
植物般的歌声飘荡过来
予世界以轻微的劝慰
大海深处，七弦琴

悠然响起，摒弃繁华的谎言
劈开海水的墙壁，纯真山谷
在春天的雨水中苏醒

我从大地上来，我走向你
你从大海中来，你走向我
拨开悲悯的尘埃
我们在多年后相遇
我们互不相识

见证

墓草，覆盖了所有的遗产。
包括散佚的焚书。

附地菜，越过碎石，
点燃火烛，寒星般的存在。
轻声宣告：
另一个季节。

黑暗塔楼再度复活。
在花开的低声部。

蚰蝓从地下，捎来口信——
朋友们将在山冈上重逢，
桃花和酒，同时抵达。
最后的见证。

唐招提寺——谒鉴真大师

你倚着黑夜，融进黑暗
明月同天，从扬州到奈良

樱花，在美中死去
琼花，在自性中寂灭

世界已黯淡
你的内心一片澄澈
被遗忘的戒坛上，安放着
青梅、山水梨，与蜀冈的清风

墓碑，长出一双眼睛
寂寞的瞳孔里闪烁着梦幻泡影
尘世中的母亲，在微暗的灯光下
正拨动扬子江的琴弦

春夜飞雪，在大海的边缘
涌动着祈祷者的烈火

你，看不见
我，看不见

金圣叹

月光晶莹，草木如洗
他提灯夜行，走在幽暗森林里
瞳孔里闪烁着棕红色的火光
头顶盘旋着一只俯视尘世的雄鹰
而野兽，一直尾随其后

神秘的大师，他从另外一个世界
背回一块块巨石，把它们
熔炼为亡灵的一行行诗句
以纯粹的心灵，作为法器
往返于生与死的河岸
哦，他倦于成为

崩塌山丘的祭司

命运的隐遁术，玫瑰开放的奥秘
否认他的存在，流水亦遽然停滞
他把自己献祭于冷酷的土地
不可抗拒的天赋之夜，他在湖边徘徊
纵身一跃，就进入浩渺的时光中
重返洁净，溶于尘埃与雨水的更替——
那条循环往复的不归之路

家族史

布谷鸟的召唤，占据
寂寥天空。

看不见的祖父，躺在玉米地，
倾听大海的涛声。他梦到一场雪，
梦到一个失踪的人，一个
跟他长得一模一样的人。

荆棘连着长夜，向日葵
隐退在晨光中。
天地归零，
日晷是多余的。
他高迈鹤腿，穿行在
绿色的罅隙与激流之间。

流星低吟，漫长的黑夜。
他知晓土地的真相。但从来不说。
它属于梦。

瓜果、童年、清贫，生长出

一个有限的家族。
我可以看见父亲,
他在鹧鸪低飞的草丛里,
继续做梦。
他梦到一场大火,
烧毁他的庄稼王国。
他梦到一场大水,
催生他的花园。

腐朽的时光中,
他们相遇,乘船,
带着我……
前往大海,寻找遗失的
另一个孩子,一个梦想。

致东荡子

我想起你四十九岁的暮年
去年的雪不在今年下

瞧,我们白菊的脸庞
飞出黑蝙蝠的女儿

大海埋藏岁月的幽愤
你的胡子仍高傲地翘向星空

清贫

秋天,尚可辨识
乌鸫的女儿,衔来
一枚草籽

从山川的双眼里
我们接过一杯清水
里面有一匹白马
我们啜饮，饮下
尘埃、刀剑、星光

羊齿植物，像弥勒佛
结跏趺坐
背面，藏匿着
黎明的窃贼
心地善良的人们啊
要么视而不见
要么爱上他们的阴影

你悲悯的溪流
我芦苇的清贫
如此短暂的一生
如此短暂的耻辱
隐现在云隙间

无须应答

哦，雷贝卡！
你爱过玫瑰，爱过这世界。
吃土，是你的禀赋，
你沉默的景观。

哦，雷贝卡！
黑色镜子中，你看到你自己：
木偶，稻草人，白雪公主
……四月上升的火苗。

一个邮差，从庭院前走过，
敲了敲门板。
哦，雷贝卡，你无须应答。
你女王般的贫穷，坚守着泥砌的围墙。

洁白的布匹，如浮云蔽日。
哦，雷贝卡！
你踮起脚尖，在尘埃中跳舞。
情人残骸，罂粟的芬芳……

满载冰与火的虚舟，在你有限的光中漂浮。
哦，雷贝卡！你“像犀牛角一样独自游荡”，
这是你最后的隐喻、贞洁的坟墓。

（选自《扬子江》2021 年第 1 期）

推动文字如岩石

/ 谢君

诗人

他是一头牛踏入世界的第一刻
他妄想为百万人写作
他成了为千百个人写
而没了妄想的人
他为亡灵书写也已感觉足够
他只追踪语言
他在潜水。水说好的。
他以独有的孤独感穿行在大理石内部
他是大理石穿行于另一大理石之中

杭州

里面有人，看不太清
即使看不清，它也在
那里垂直飙升，一个
玻璃笼子，很美丽
不知道是什么。走向
那幢大楼，咫尺之遥
抬头，帽子掉落在地
那一年春天，在杭州

捡起帽子，之后
我的面前有了两个世界。

孤独响亮

我将它甩入河中，让它面对一个
前来漱口的民工，暂时遗忘
宇宙的膨胀，星空红移
以及宇称不守恒。
世界是离散的，现象足以自明
它的现象是骑行
在荷叶之东。我说的是孤独
一大早，我提着它溜出
小区，脚步轻快，来到
南门江边，我把它挂上了
银白色的渔竿铁钩。好吧
今天让我用孤独交换一条尖嘴鲦鱼

日晕

昨天正午凝视日晕我感觉惊奇
想起三十年前在浙东旷野
撞见一条彩虹从而快乐一周
发现狂躁的绿皮火车
拔腿追赶，直到自己成为
第二列绿皮火车。但是
真正地看见这个世界
仅仅凝视与惊奇是不够的
需要依着一棵树木展开双臂
静止三分钟体验被钉十字架
的宗教感觉，或者说神的
孤独。你是否还能从脚下捡起

孤独，摇一摇，丢向空中
试试看，用最安静的方式
将自我加深到幽蓝并短暂地旋转

我们都在种下一棵树

我种下一棵树。它的每一个枝杈
都有不同的悲伤的百分比。
我看到的每个人也都各有
悲伤的一部分。我就在这棵树下
写我计划中的五部长篇
像电脑屏保上那只静卧
非洲沙漠的长颈鹿。我保证
我的身体不转向我不需要的方向。
我保证把一棵树的悲伤
装入陶罐，罐口糊抹泥巴
形成帽式封盖，静置室内
留与未来。在天津
我的朋友胡志刚写了上万首诗
他写得很棒却无人谈论。
我感觉气愤，事实上也不是
气愤而是悲伤，他在另一棵
树下。没有什么是不能
累加的，包括孤独。
很可能他现在正在那里
远距离地往银河系深处练习眨眼。

澜沧江上的雨

昨晚有一场雨陪我们睡觉
它给澜沧江捕获了
酒店外，江水输送船只

船灯朦胧，那是
澜沧江上的船
和澜沧江一样古老诡秘
因而要比别的地方
更加神奇。忽然间
有一颗雨跑到窗边
又返身扑往江船
可这有什么不对劲呢
我的女人正是那样
嘣的一下翻到我的身上
因而在这里我将介绍
澜沧江上的雨和船
比任何地方更富魔力。

水泥车

我的妹妹说，母亲斜着身体走路了。
有时还能连续旋转几个圈子。
确然如此，和她相遇的汽车都表现出
中世纪绅士式的谦卑，仿佛
那摇晃着的是一台斜着的橄榄形
搅拌筒的水泥车，只不过缺少
承载重量所需的橡胶轮胎。
大街明白，无论发生点什么事
损失惨重的只能是汽车。作为扰动
空气的方式，大街不会惊讶
她的到来，买菜买鱼，修补雨伞
跑去某个墙门寻找往事
搬桌子，套棉被，拉家常。或者
参加生物科技公司的绿色
保健活动，测血压，喝养生茶
去农庄占据两把座椅的位置。

那边的几棵大树因她的出现
而显得优雅了，这就是为什么
它们愿意任她依靠的原因。
有一天，她在电梯口喘息。
开门时，发现拖着两袋农副产品
哪来的，妹妹问。显然是定购的
凭优惠券，“人家都掏腰包买了”。
我陷入沉思，编了一个意外故事：
红绿灯路口，有位大爷驮着
一捆白菜在自行车上晃着晃着
倒下去了。我不能告诉她这个感觉
——一台水泥车的感觉。这是
一个清楚的事实，她现在适合
待在家中。可她讨厌房间
确实如此，她的一生在萧绍城乡
她的生命在孤独地等待运动
最佳方式是水泥车那样在路上闪动。
这很可能是阳光灿烂的一天
当她转向你——橄榄形的搅拌筒
不停旋转着，似乎是为了保证
砂石和水泥不致在浇注前发生初凝和离析。

魔术火花

我全力以赴，坚定地把我一下午
钓上来的那条鲤鱼发射太空，
让它飞一飞，钉入水波
生儿育女在荡漾中，
孤独在荡漾中
腐烂在荡漾中。这时
有个惊呼的声音“傻瓜”
那个来来去去的幽灵说，

“这条鱼聪明，知道
让自己落在傻瓜手里。”
斜阳离我越来越近
斜阳无论以何种方式转动，
都是一幅固定的孤独图像。
不知何时我才能找到
一把刀和这个世界的中心
我所渴望的不是那把刀
而是可以将它扔往世界中心
永远旋转，成为一朵魔术火花

太空漫步

也许我们都有一个永远不会死亡的朋友。
青少年时，馄饨店出来，撞上拖拉机
车头一直把人顶至一堵墙，结果
墙倒了，人没事。高中毕业
在公交公司，想赚点钱结婚
业余时间跑长途，货车开到
江西，起火，爆炸。车没了
人毫发无损，连自己都不信。
最近又出了事，家庭变故，忧郁，
从大桥上降落，但又救了回来。
我刚想起他的名字——石铁勇。
这名字隐藏着友谊在小镇
九〇年代，我母亲上街
买一刀豆腐提两棵白菜回家
他母亲也买一刀豆腐放在
装着两棵白菜的篮里回家。
我们一起上初中，把书包
往右肩一甩，快速徒步像被
黄蜂追赶着，走着走着额上

有了一层柔软烟灰，水泥厂的。
我们也一起跳过舞，峙山下
神秘空地，不费吹灰之力
石铁勇将自己支了起来，用单手
还用一个下午教会了我太空漫步。

（选自《汉诗·行行重行行》）

物的时代

/ 胡桑

轶事：他人

倘若残缺
令人平静，
雪就不必落下。
他将分析
投入迟钝的目光间。
就这么越渡电子瀑布，
小心翼翼，
撤回一步是空白。
风行水上，
细节各自独立，
缠绕在鲸鱼的肺里。

雪不可能落下。
梅雨切割夜色。

疏离的季节令人不安。
然而，他一意孤行，
删除了丰富的雪，
和锁闭的炎热。
衣服上的重力
并不蕴结，择定的从容

在唇间露出破绽。
记忆朴素地碎裂，
成为瓠落的咖啡馆，
成为嬗变的脚步和口吻，
成为一同安检的背影。

幽人：给余烈

幽人守静夜，回身入空帷。
——张华

饮酒，是谁坐在对面？
只有寂静知道
失眠的人置身何处。
有人听见一颗梅子
在唇齿间呼吸。
是谁，拨开
小区里残余的汽车尾气，
来到杯子底部思念他人，
回身便是悔恨，
在东海边缘，无人应答。
腰间的夜色，一圈圈蔓延，
就着黑，心中惕惕，
仿佛爱欲在等候。
“我在，无人知晓我是什么。”
夏日如黄昏的归人，
默默行走，每一株香樟
祈求着一个停顿的夜晚。
有人沉睡，有人后退，
而一棵柳树想要移动，
是谁，采摘了三千里的路途，
只为了倾斜一座城市？

镜子是穿不过的帷帐，
再暗的夜，
总有人在醒的深处吟唱。

物的时代

风有些陈旧，动人的一片秋声
上传着一个夜晚，裹紧微湿的乡愁。
许多有限的身体错落站立，男男女女
彼此认同，在令人起敬的降温里。
一个转码的海起伏着，失去了码头。
月在朋友圈升起，在滤镜里呼吸。
故乡任凭被复制，亲人乐于被粘贴，
在同一片沙滩上，空气编织着统一的节日。
那个女人穿着复古英伦裙，逗留在抖音里，
戴着医用口罩，笑容被远在天涯的手点击，
腰肢犹如芍药，安装了司空见惯的妖娆。
整个海收集着圆满，仿佛从未见过病毒，
月光下，我们的内存无限，想去爱
每一个爱过的人，原谅每一段里的误解与离别。
沙子直播成静谧的雪，背后是一个无限的亚洲，
听得见那么多人内心传输着温暖的液体。

空城

一场雾在楼群间参差，游荡。
也许，应该下雨，去占有
旅馆、银行，一部部手机，
如秋天盈满上班族的耳蜗。
暮晚的胸口别着一个个身份，
外滩的天际线仿佛安装了欢意，
却有一番番怀疑在路上飞过。

在你我额头，夜晚低垂，
填不满我们的欲望和希望。
打工的人，重复着清晨，
堆叠着正午，制作一个个数据，
唯有身体暂留在唏嘘里。
轻灵的梦魂不堪侧听。
从出口到入口，有人错过。
从站台到平台，懒得相逢。
空洞在地铁十号线里咳嗽着。

（选自《人民文学》2021 年第 4 期）

万全之夜

/ 越槟

万全之夜

什么也不做的时刻，多像一层
四处加冕的薄膜，无知地包裹着
每颗充满放弃的心。当理解如浴袍
从世界身上驯服而全面地滑下时
我们全提着灯走在夜里，再怎么亮
阿尔法，都是以最暗的部分相遇

本来没有的果实

我们是被移走了梯子的偷摘者
只有变成新果实，我们才有机会
坦荡地重回地面，我们从上面
得到太多东西，如今已加倍归还
最好的享用就是去成为它本身

贝塔的犹疑

夜如此富有手感地伸出阳台
晾衣杆一般镇定而又巧妙
把悬挂了一整天的衣物、决定
和世界完好地收进来，接着

又几个夜似的黑下来，变成了
有欠于自身的东西。再果断一点
我就能比一切必然离去的事物
抢先一步从自己的生命中逃逸了
还是想要无用者那万用之心呀

穿越暗夜的诀窍

在至为清晰的时候，我说出的
那个词必然是阿尔法，当我变得
混乱，一切也都围绕着阿尔法
忠贞又绵密恰似去年立秋的降水
给整个大气带来一次质地上的
入夜改良，至今仍然是细雨中的
经典。心刚被造出来时都是高脚杯
只是杯子后来碎了，又不是杯子
停止存在了。记忆是个多黑的角落
好像世上所有破酒瓶都扔在那里
我不止一次想到了重建星空的可能
我们迷恋着那些从不被使用的力
那些力迷恋着合力，穿越暗夜其实
没有什么诀窍，我们只是忍得住

变轻就是烧掉贝塔和阿尔法

宇宙的四面中已经有三面失火
剩下那一面永远是这棵大树
一切矛盾密布的所在。在树下
人的寂静只停留在初中水平
很多时候变轻几乎只意味变枯
就是单独到那种璀璨而又彻底的
没有中去，一个被祝福的重量

护送着每片落下的树叶。在那里
事物只由阿尔法、贝塔和毁灭
构成，什么时候我才能甩掉一切
可疑的燃料直接升至火的高度

火中的三次辨认

我们在夜的后面克服着晨星
第一声鸟鸣把世界的无言部分
照顾得很好。写下什么并不重要
重要的是在怎样的火焰中烧灼
写作为阻碍正如人的自我，是把
航天器送入太空的那几节燃料
但也只在最后推进时刻才是阻碍
没有写但是在火中也一样完整
我怀疑人只是一堆无名的小震颤
可以只通过跳舞来改变生命的成分
写作为渡送，要么野火般把新我
烧到旧我里去，不是形成什么就是
在解散什么，就像阿尔法和贝塔
要么带着火穿越一切却什么也
不烧到照到；至少应该成为护送
万物进入另一个秘密的小推车
我在错误的火焰里多次见过自己
现在我已经知道我不是那团火
但那团火并不知道它不是我

是我在借火时看见的阿尔法

一个极小的暴力在恶的系统里
可以轻松畅流三十年，人的忽视
提供着强大的润滑性。词语则

没有这样的生存本事，它只能在
最小的无序中活动，要么创造
幽灵，要么为幽灵所创造，正如
物质形成的前一夜，我的电子推了
你的电子一把，宇宙自身的滚动
何其雄健，也不差我这点蛮力
时间在有交谈的地方发生了弯曲
交谈抵达最深处时应该让轻舟
本身的醉意，而不是细浪来推动
星辰正是这样做着没有劝谏的
滑行，轻易就完成了帝室的更换
新管道在我屋内坚硬的墙体里
毫无疑问地四处伸展，在第一次
有水流过的孤寂中发现了自己
自香烟诞生以来，人们在借火时
真正想要借的就是这个：自己

贝塔的去处

最重要的是活过那团火，阿尔法
只要活过去，什么都会活过来
我的目的地从来不是哪一个地址
而是一种全新的燃烧方式。我正在
从毁灭那边数过来的第三棵树上
就像疼痛，是没有固定位置的
很快就轮到我不痛轮到我来烧你

只伸出手是不管用的

我以为在触摸发生的前一夜
如果还能忍住，就能永远忍住
星辰之间充满了研磨的秘响

夜应该是这样细密地布下来的
室内只有苹果在腐烂的那种味道
好极了，我像只刚充满的气球
彻夜都抵着某个新鲜的顶部不放
能用来爱的部分总是至轻至薄
里面是受伤用的，不完全是空的
之前我还写信，并且丝毫没有
引起任一封信的注意包括它本身
我就是在你反过来读我的时候
读到你的。现在我再度蜷缩起来
正如小堆的枯枝败叶，除了火
什么都无法赋予它以第二次生命
我在神伸直的地方还是弯曲着
没有什么比这更像黑暗。我害怕
那只摸过我的手又伸过来摸我
更害怕自己从内到外都在渴望着
这种抚摸。伸出手是不管用的
阿尔法，只有乌有才能结识乌有

贝塔鱼

我有一种仅坐在那里就可以
让四周的事物开始说话的能力
不，我没有这能力，我只是
坐得够久，而四周的事物迟早
会有耐不住寂寞的一刻。我坐在
这里，没有秘密盯着，我哪里
也去不了。时代广场的风筝
又把心练高了一米，鸽群环飞
妙在没有指挥，我宁愿生命
只是个空壳，因为再小的蝴蝶
也值得更广阔的天地。他人的心

我只急切又焦虑地占据过一次
我自己的心则时而是块旱地
要完了裂缝和雨露还想要别的
了解，时而又是涡漩：那种用水
来喝的水。如果可以成为鱼类
阿尔法，你会是我的第一个鳞片
除了无限的水域我不需要其他同伴

一切月亮都只是月亮的一半

到了约定的见面时间，不知道
为什么我并没有直接前往，而是
围着市中心绕行了几圈，好像
在那几圈里我们就已经见到了面
事后这种感觉还涌着并得到了
细浪的增强，甚至出现岸一样的
肯定物。会不会一切真的东西
都只存在于这无限悠长的几圈中
阿尔法，而整个宇宙都是后来
才发生的事？在这里花可以没有
花瓣，采摘者也可以没有手掌
夜没有达到至暗时刻，我还闪耀
不起来。好比飞行之外并无鸟
存在，飞行臻至最甜之处恰恰是
随时可以停下来，那是我最不愿意
醒来的部分，十分适合用来装酒

总得有人去把石头搬开

总有一块石头下会有我的生活
你也在那里，而且坚不可摧
好像没有秘密你也可以成为你

我曾迫切地搬开过一切石头
希望有一块下面不要命地压着
一封只写给我的长信。现在
我只想成为这样一块石头，爱
犹如只读到一半的信漫无目的地
摊开着，总得有人去把它读完
倘若没有一块石头压着这样的信
阿尔法，能够被这样的信压着
也是好的，压着才算真正的胸口

世上所有乐器都将死于独奏

不知何时开始，心成为凹陷
爱好者，迷上了月亮惠存重击的
技巧，世界的底部一度在晚霞
轻浮的手艺中变得似良夜那么浅
和我一样就要从你里面露出来
你的独奏多像个布袋，从最顶端
扎紧了我早已适应黑暗的那颗心
后来的每一次虚无，都来自绳结
微小的松动。有扇门在半空中
被你无限广阔地推开了，与其说
是为那些准备永远走出去的人
打开着，不如说是为了防止有人
想回来。空间被压得最紧之时
所有顺势挤出的雨水都在急奔向
同一个大开端，迫使宇宙第一次
对自己产生了容器般节制的爱抚
如流的逝者们也跟着闪耀似的
颤抖了一下，几乎就要再活过来
用最小的死推动着生，那激流
也握住了我，知道什么时候应该

松开。市中心无为地隆起一块
往外分泌使人成为人的那种汁液
总是这一块最先感到冷，也是
这一块先烧起来。那是换作谁都
缺少的一块，从痛楚的总谱中
直接撕下来的一块，空出的地方
成为一切竖笛的吹口，你的手
就是这样放在我的痛处正如神在
最隐秘处修改着世界。我只能
通过你迫切成为的那个人来舔你
正如你通过回响一小块一小块
就快要从虚空中为无处藏蜜的神
撕出一个位置来。在离这一曲
结束还有整整两曲之处，阿尔法
像人成为他自己那样暗下去了
世上所有乐器都将死于独奏

（选自微信公众号“七个托马在海边”）

孙磊《凉山》

纸本岩彩

100cm × 200cm

2013

诗集诗选

《亦来诗选》诗选

/ 亦来

那些年

我见识过大海，
风暴的珠贝吐出繁星。

我曾目睹落日多么贪恋黄金帝国，
贪恋缠在天际的红袖。

我慕名访过一些城镇，
建在冰川或断崖上。

我也误闯某个无名港口，
商人以鸡粪交易血色玳瑁。

我在壁画上看到群鸟来袭：
它们像暗箭，像狂暴空气的拳脚。

我在预言中读到众声喧哗：
真理之虹，用针线授粉。

我久久盯着水晶球发愣，
圆环与圆环之间紧绷着杠杆的忍耐。

我转而求助万花筒，
它教会我遗忘，和醉生梦死。

我患上过令人羞愧的疾病，
那是由恐惧传染的。

我在顽疾退潮后与群芳欢宴，
迷迭香、郁金香与丁香。

我辜负过好女人的爱情，
她的美貌虚掷与美德。

我听任于坏脾气的赌注，
骰子滚滚向前，拖着那些年的沙砾。

新年之诗

一冬无雪。清净难求。
鸡毛掸子从旧日历赶走一地鸡毛。
我点燃一支烟，让它烧到气数将尽，
火星儿在烟蒂剜出落日。
钟，躲在暖房里擦拭
三支银枪——只待一声令下，
它们将列队迎接二十四个新岁——
仿佛接下来的一年，所有的节气
都将整饬一新：雨水随早春降下，
夏至之夜奔向湖里的群星；
更有秋风，与寒露欣逢在旅途，
而小雪和大雪，会补偿去年
被雾霾层层盘剥的不安适的短冬。
我搁下手中的烟，从水果篮子
捞出一些红橘，分递给

围坐在炭火边打盹到凌晨的亲人——
我知道他们并未沉入梦乡。
他们心中还有一寸
争分夺秒的春草。我知道。

老友重聚

父亲回乡之时，他的一群朋友
约好了来看他。从刚见面的寒暄中
我知道：他们放下了农活或生意，
或一大早就给卧病在床的老伴
准备了一天的饭菜。
但这些叔叔伯伯，我并没有太多印象，
只好堆着笑让座，递烟，然后闪到一旁，
观察重逢后眉宇间可能跳出的喜悦。
可哪里料到接下来竟是一阵沉默，
他们面无表情地嗑瓜子，一会儿
往炉子里添炭火，一会儿给茶杯续水，
仿佛对未曾谋面的几年无话可说。
而父亲在更沉默的世界里。
（失聪的他，看到了嘴唇欲言又止。）
他递给朋友们笔和白纸，仿佛
是让他们用铁镐去捣碎泥洼里的冰。
接着他抛出一连串的问题，询问
过去的街坊邻居们的下落。
于是有微微颤抖的手
写出几个答案，又将笔交给另一只
长满老茧与冻疮的手。
我瞥了一眼那些笔迹，发现一些人
已经搬到小镇北边的坟场，
还有一些似乎是南边诊所的常客。
父亲唏嘘着缩入他的沉默世界。

（那些朋友转而和我交谈，关心他的耳朵。）
我开始回忆那个深秋的出差途中，
父亲突然发来的短信，和
寒风突然扎入耳鼓的一阵哆嗦。
还有后续的一个月在医院的高压舱，
父亲怎样像宇航员，去慢慢接受
外太空的静。以及失去某种信号的孤独感。
这群老人边听边叹息，时而响起
几声咳嗽，抖一抖弯曲的身板。
我明白是时候停下来了，让他们聊聊
这个年纪少不了的病痛和药单，
并交换最近听闻的养生之道。
父亲将由沉默世界再次加入。
（眼睛又发现了客人翕动的嘴唇。）
我起身离开时，他们已习惯纸上谈天，
话题开阔起来：一个叔叔随手
画下的几道波纹竟让父亲心领神会，
就像他们六十年前凭一个眼神
就能约好去长江泅水，去生产队
偷萝卜，或去小广场向跳舞的人群扔沙子……
几个满脸皱纹的少年把头凑在一堆，
他们又写又画，偶尔窃窃私语，
直到这曾被他们闹得天翻地覆的小镇
垂下夜幕，都迟迟不愿回来。

太空针

离开地面，来到近两百米的高空，
西雅图的不眠夜在四周飞行。
直升机，在灯火与灯火之间穿梭，
月亮从轰鸣中蹿出，仿佛又一处人烟。

大海在远处，但它的呼吸在近处：
那么多的触须和藤蔓。那么多的瞬间。
一扇扇窗吐出玫瑰色的气泡，
那向上飘的是花瓣，向下落的是玻璃。

水滴在塔顶的陌生中辨识缘分。
寂寞乌有。如果秒针在交踵时停顿。
而迎面而来有更多肩的螺旋桨，
孤独遇上不可知，葡萄的酸分解成小球。

想象更小的沙粒，在针尖眺望浩瀚。
风从一边来，把它吹向另一边。
是时候随这迅疾落向地面了，
带着针孔，和从中涌出的万千世界。

进入

艺术家将一块石灰石
从采石场挪到博物馆，对半劈开，
从中镂出余地，恰好容纳
他的全部身体。他进入石头，
填补那被锯子和刻刀掏空的部分。
接下来的一星期，他像石头一样
闷声不语，把棱角彻底交给湿润的空气；
他以为这样就突然进入了石头
漫长的历史，每一秒都在
被风化，被剥蚀，在默默领受这
整体的静止中细至毫颠的变化。
他会冷冷看着走到近旁的人类，
任他们指指点点，既不嘲讽
也不怜悯这终将被时间抛弃的异类。
他这样解释行为的动机：

认识石头，最好进入它的内部，而不是
隔着距离观察，哪怕只有一丁点。
两年前，他也曾经进入过一具熊的骸骨，
在它厚厚的黑毛皮里冬眠了两周。
他给熊带来呼吸和心跳，
作为一份礼物，感激它对
进入腹腔的允许。在不得不蜷起身子的
十多天，他明白冬日难熬，
纵使没有冰雪，和从远处逼近的猎枪。
他或许会认为能充当熊身上的
一块油脂，当咽下几只甲虫，
当他肋骨间的饥饿填满熊体内的空洞。
那次展出的地点，是在一个悬着
枝形吊灯的陈列间里，四周的墙壁
挂着一些油画：静物、宗教、战争。
观众们从一个入口进来，再从
侧面的出口离开。他们络绎不绝地
进入，但从未填满这并不宽敞的空间。
他们站在动物庞大身躯的阴影之外，
如游移的行星，划出犹疑的轨道。
哦，想想这个世界如何组成？想想你我。
想想晨昏之间的无数缝隙，
以及缝隙里一闪而过的无数晨昏。

黄昏在基韦斯特

请把这里当作陆地的边缘，落日
就会更近一些。请在落日沉坠之前
把通往广场的街道空出来，捕鱼船很快
将游入这些支流，为红鱼寻找宵床。

请不要惊愕，当天空扔下火把，

点燃海面上的枫树、杨树，还有银杏树。
节日马上会熄灭，请在乌鸦归巢之前
为阔叶林的勇气送上掌声。

请把卖艺的流浪汉当作你的父亲，
他靠双脚走到码头，此时站在刀尖上
抛接着另外的几柄刀子。请给他一些硬币，
请叮嘱他不要将温柔藏在心里。

请不要怀疑，棕榈的手正为你
拧亮一盏盏灯。依然有南风，吹向
这极南之地。在这一刹那请不要怀疑
你来到了世界的中心，坐落在陆地的边缘。

乌鸦喝水

乌鸦戴着冠冕来喝水
它在瓶子里看到了百鸟之王
乌鸦不渴乌鸦拍拍翅膀飞到闪光的屋檐下休息
乌鸦插着鸢尾来喝水
它在瓶子里看到了一道虹彩
乌鸦不渴乌鸦清清嗓子飞到花园里唱歌
乌鸦啄着玉石来喝水
瓶子中央涟漪吸走了数不清的玉石
乌鸦不渴乌鸦转转眼珠乌鸦飞入矿井
乌鸦咬着腐烂的鼠肉来喝水
瓶子边缘泛起白沫
乌鸦想吐乌鸦抖抖身子乌鸦马上扭过身子

乌鸦邀请鹪鹩斑鸠麻雀一起来喝水
它在瓶口边缘转了一圈又一圈
乌鸦很渴乌鸦呆呆望着瓶底的水如望着宇宙深渊

鸟儿们很渴鸟儿们对着水喧嚷跟着乌鸦悻悻回到树枝

乌鸦在夜里又独自过来喝水
它从山坡上捡来一些黑色陨石
乌鸦把这些神秘的星星扔进瓶子里
它瞅着水面上升它很渴但并不急着喝水
水已经到了嘴边
而这些换出水的星星
等着乌鸦用另外的智慧来命名

贝壳与雪的对话

从清水湾捡来的贝壳搁在窗台上。
窗子外面，一簇新雪，抱团生冷。

这边，空气如海水，冲刷灯塔的防风帽；
那边，枯叶像被冰困在北方港口的船。

透过玻璃，它们就能看到对方的脸：
皱纹刻在贝壳的颊上，雪垂下严峻的眼袋。

贝壳说："我身体里曾住着一只
柔软的动物。"是啊，触碰过去是美好的。

雪说："如果用心看，我的毛孔
还在开花。"是啊，现在绽放还来得及。

贝壳说："星星曾坠入我怀里，
它向我描述过纵身一跳的眩晕瞬间。"

雪说："看那些翻卷的乌云，你可以
想象躲不过去的浪，随后会有清静。"

贝壳于是照照镜子：向外探的百合。
雪偎过来，拢了拢毛茸茸的翅膀。

这一幕，多么像盐和勺子在一起，
多么像耳朵，和轰鸣的白纸并肩歌唱。

旋转木马

木马会说谎。它们让一座城
服下海水，相信自己是盐做的
海市蜃楼。它们应该待在废墟里，
蹄铁和鞍鞯，变作隐翅虫的游乐场。

木马会隐身。捉迷藏的好手，
用晨光复制影子，投到跷跷板
系着缰绳的鬃背上。其实它们在
荡秋千，以风的速度来回画着虚线。

木马会致幻。像一架又一架
刷着油漆广告的无人机，寻找
饮料罐子，往薯片上抹罂粟花蜜。
世界是万花筒。关不住的春色摇漾。

但这里还是有排着队的人山人海：
孩子们攥着气球，雀跃着哼唱
圣诞之歌；情侣互相依偎，跺脚等待
爱情随风飘的时刻；老人颤悠悠地
往前挪步，小心避开地上的残雪。

木马知道他们想要什么。木马绘上
节日的彩妆，眼角挂着海马的微笑。

木马驮着人类，像地球一样旋转不停。

在西半球看东半球的雪

那些该来的，还是会不经意地来。
有时候等待，只是想看那些终将逝去的

如何从手背上滑走。盼望中的雪
下了，只是落在别处。喜悦亲近了两秒钟，

但一碰就融化了。蓝色天空不喜悦，
也不悲伤，这是宇宙永恒的原因。

有时候远方的雪比近旁的雪更真切：
落在玫瑰和水仙的唇彩上，落在故居前

梅花的红晕之中。我从没有想过
擦上雪的粉底，植物的脸谱如此妩媚：

插着花旗的花旦伸腿踢开花枪，
水晶宫里的青衣，从嗓门里吊起银铃。

最后的声线，挑起帘子飞入后台。
巨大的孤独直直立起来——

我是说眼前这些北方的冬树，
叶子被候鸟寄给了南方流浪的歌手。

我是说从东至西爬来的崇山峻岭，
以及沿纬线向雪国驰去的寒潮列车。

凌晨四点的失眠者

梦里的合唱团将他推出来，黑夜
为他的辗转腾出一个空位。
乌纱，盖住琴键上的双色梯田，
一双手在暗室里摸索音栓的种子。
他能听见自己的呼吸：一个人的孤独，
是刺穿寂静的针。他想着如果
千万人的呼吸拧在一起，会不会绾成风，
如蝴蝶的翅膀扇出山呼海啸……

他侧侧身子，从最细微的动静中
用时间的精确隔开动和静——
窗边的高树是窣静的，而月影在移动；
几里外的长堤是肃静的，而江水在流动；
茧是哑静的，而扑火的飞蛾动人心弦……
他好似在万物之中听到世界的心跳，
三月的黎明，将在这激动中
到来，哪怕比往年晚了一天。

琵琶记

不用问镜子，她知道闭门索居
足以将孔雀急成鸸鹋。
一个月来，外面的消息像啄木鸟医生
携银针到访，让人直想把耳洞
埋进沙堆。一把柳叶刀留在身体里，
仿佛在受潮的乌檀木上掏擗
她咬紧牙关提起颈椎，镂空的瓢
从恍惚里浮起，抖落满地刨花。

有时候她觉得，身边的故事是从
书里爬出的蠹虫：别离，恐惧，幽愁暗恨。
而那柄游刃，还继续贴在肩胛
和锁骨上：将她的身形削成半个枇杷，
接着凿出弦槽和覆手上的小孔……
于是她举步踱向露台，仿佛要去
向阳光讨四根弦，这样就能低眉信手
拨弹出铮的人世悲怆。

惊蛰之后

梅花错过了，迎春花也错过了，
还有早樱、玉兰、油菜花、桃红李白……
怎能想象这三月盛大的原野：
万物复苏，空无一人？
蜜蜂即将复工，它们搬出空空的糖罐
在蜂巢前的跳台摩拳擦掌。
但今春的蜜或许有点苦，正如
这一年清明前后的雨水注定是咸的。

我们都是从悲伤里慢慢往外爬的蚁人——
在大寒后突然裂开的地坑里，
学会贮粮，学会冬眠，以及如何
在黑暗的溶洞中收集石笋和爱。
我们都在挪向一个出口，在电影散场时
从银幕里面钻出来，然后就安静地
坐在火山口边缘，等落日轰鸣，
将壮烈的玫瑰推送到我们的触角。

（选自《亦来诗选》，长江文艺出版社 2021 年 6 月版）

《秋风饥饿》诗选

/ 江一郎

向西

西行的路上
我赶上一个朝圣的人
他用额头走路
我让他上车，他摇摇头
说，你的车到不了那儿

卡萨布兰卡酒吧

我常常去卡萨布兰卡酒吧
不是为了听歌，而是那里有个女鼓手
像一匹来自非洲丛林的母豹
击鼓时，几近癫狂，仿佛
击打的，是她自己
也是所有人，渴望被击碎的
巨大的沉郁，与孤独

南京已经下雪

南京已经下雪
当我听到南京已经下雪
心头突然一冷

南京下雪了，这就意味着南京的雪
很快飘至我们头顶
或许一天，或许一夜之间
雪将铺天盖地而来
南京的雪很快要来了
如今，顶上的天空依然澄蓝
没有丝毫下雪的迹象
杂树上，阳光照着，空中
弥漫暖冬的气息
只有少数最警觉的人
看见天边堆着云层
远处刮来的风，隐约
已有刀光般的尖痛

怯懦的人

走在街头，突然被警察喝住
警察的眼毒啊
仿佛阴冷的刀，从头到脚刮我
我什么也没有干过
却像一个罪犯，忍不住浑身颤抖

他能找到那个遗弃他的人么

每次见面，总看见他，孤魂一样
四处飘忽，似乎一直在寻找
可是，他好像并没有找到
那个遗弃他的人
丢失了眼睛、嘴巴，不能看，不能喊
有时，躲闪不及，被车撞倒
在车轮底下翻滚
又挣扎着，爬至路边，站起

薄薄的，向前走去
车呼啸而过，看不见，也听不到
一个影子无声的呻吟
他在这个遍寻不着的世上
伤痕累累，却沉默着
因此，我无从知晓，被谁遗弃
而那个遗弃他的人，是否
回心转意，也在
这个辛凉的人世
苦苦找他

秋风饥饿

天气越来越凉了，那些紫黑的
浆果，还在静静做梦
但秋天的梦
何其短暂、空寂

林子深处，隐匿多年的狼
再次神秘出现
但我从未遇见

只有落叶被霜粒踩过
留下泛白的爪痕
只有秋风饥饿
低嚎着，摇撼林木

又披着野狼的灰袍
在幽暗的天光下
奔下山坡

霜晨一瞥

林边，一只旱獭立着身子，人一样张望
望见我，略微有些慌乱
两只护着胸口的手，悄悄
裹紧淡雾的灰袍

待我走下公路，才一声尖叫
跳下浅草的土堆
魅影般消失

那霜白的脸
畏怯的眼睛
以及捕风者，一对机敏的耳朵
好像，瞬间破碎

它比我更早走出迷梦
守望太阳升起
却只为活着
时刻警醒

树上的钉子

天知道何时砸进去，砸得那么狠
如果不是裸露的一点痕迹
谁能看出，这棵苍老的大树
体内藏着长钉
寒光闪闪，进入的一瞬
该有多么迅猛
闪电的撕裂，也比不上
被它刺入的剧痛

在最深处，一枚钉子潜伏下来
并用白亮的牙齿
咬紧树的一生
时光流逝，钉子或许已经锈死
这样的钉子，如何除去
只能让它留在命中
痛到不能再痛
就是死了，僵硬的身体里
还扎着，锋利，尖冷

雪为什么飘下来

明明知道飘落的地方不是干净的
为什么一片一片飘下来
难道她们不怕弄脏身子
难道她们愿意弄脏身子
这些天上的雪花
那么白，那么纯粹
但没有谁比她们更傻
飘落在遍地泥泞里
除了被踩灭
除了被吹散
除了在泥泞里
被黑色的泥泞吞尽
又是一年冬天，下雪了
雪花留在空中的舞姿
美得让人心碎
可是她们飘落了
再飞不起来
难道她们不懂什么叫后悔
难道她们来到这世上
为了变成肮脏的

冰凉的泥水

铁道两边

几乎被列车撞飞，这些衣衫褴褛的流浪者
在铁道两边，在空旷的郊外
仿佛几个不真实的影子
列车过去了，我看见一个背小孩的妇女
捡起半根烟，她迟疑着
然后转身向我走来
——兄弟，你抽吧
这一刻，我突然感觉我就是一个流浪汉
走在他们中间
疾风里，辛辣的烟草
呛出了我的泪

一件外套

挂在那里，看上去就像一个人站在那里
其实，那个人早离开了，那个人
已经离开好多年了
最后一点气息，也悄然散尽
可是，它还挂在那里，似乎
敞开胸怀，等他回来
他会回来么
也许，他早忘了还有这样一件外套
依然痴迷地等他
在角落，在那个时光幽暗的深处
粉尘飞起，又落下
那个人已经不再要它了
已经彻底遗弃
风起的时候，哦，又一次风起

它随风而动，那碎响
仿佛遥远的叹息
让人难以辨析

（选自《秋风饥饿》，长江文艺出版社 2021 年 5 月版）

《花鹿坪手记》诗选

/ 王单单

冬至

他把羊群赶上山顶
只身下山，去集市上
买了一把刀、两斤酒

等羊吃饱，他再次返回
撵着羊群，走在晚归的路上
远远望去，落日如血
正从天上滴下来

半个月后，我们入户遍访
经过他家门口
有人数了数，他的羊
一只没少。刀
插在棕树上
已经生锈

补瓦记

秋后的原野上
一个人奔跑在雨水之前
他要赶去对面的山崖下

为阿金家的屋顶补一片瓦——
一片亮瓦，这方寸之地
可纳浩瀚星空，就像人的眼睛
面对着人世的深邃

阿金站在屋里，仰头
指挥着屋顶上盖瓦的人
“向左一些，朝右一点……”
隔着巴掌大的亮瓦
阿金看到它背面，有一张
脸，流汗的脸——
从容，坚毅，大如天

慈心帖

半岁的孩子被迫断奶
饿得嗓子都已哭哑
爹妈离婚后就走了
留下七十多岁的奶奶抱着他
满面忧愁。驻村队员任梅
看到这一幕，迅速从奶奶手里
接过孩子。小家伙
忙不迭地撮着嘴
往任梅怀里蹭，身为姑娘
她有些害羞，但还是
让孩子贴近自己，先止住他的哭声
再小心翼翼地
抱着他赶往赵家院子——
刚刚入户时，她了解到
那儿正好有一个
哺乳期的女人

山顶

吴德丙在轮椅上已经三年了
新房封顶时从楼上掉下来
终身残疾。自此
他只能在路边开个小卖铺
每天赚四五块钱养家糊口
天气好的时候，他吃力地转动轮椅
他想去山坡上坐坐。但似乎
有股力量在身后拽着他
无论怎么使劲，那两只轮子
总是往后退。驻村队员任梅看见后
一口气将其推上去。坐在山顶上
看着自己的小卖铺
看着自己天天挣扎的地方
周围竟然绽放着几簇桃花
他终于忍不住了，任由泪水
静静地滚落脸颊

暮春之初

漫山苹果花开，遍地野草疯长
青白之间，散落着几粒黑色的影子
远望，它们像一座座低矮的山包
正在原野上缓慢地移动
近了，才看清楚——
那是村民在除草，以便让
苹果长得更好。他们低着头
弓着身，似乎在等候命令
可是，除掉谁？留下谁？
大地总是，沉默不语

旷野中的沙发

秋收之后，拆除重建的房屋
暂不具备居住条件。提前
配备的沙发，也只能安放在旷野中
四天了，冯光伟家这张崭新的沙发
一直空着，大地因此
变成了审判台。黄昏过境时
日月交辉之处
贫穷如强光灯下
蛮横的犯罪分子
耷拉着脑袋，正在
向这个村庄作最后的交代

黄昏记

老两口坐在院坝里
撕苞谷。苞谷皮在周围
堆积成小垛，似乎要垮了
正慢慢向他俩覆盖过来
突然女的说：
你搬去安置房吧，我留在这里算了
半晌后，男的才吭声：
要走一起走，要留一起留

——而此时
月上柳梢，蝉声止息
这是吴家山一景
也是世界上最寂静的黄昏

花鹿坪手记（一）

1

鬼针草，又名鬼蒺藜
鬼菊、刺儿鬼、鬼黄花等
一种以鬼命名的植物
山上谁家房子空了
它会提前知晓
并迅速围上去

刘天福搬去女儿家住了
他还有个儿子，离家六年
至今生死不明

2

身体越来越差
各种指标非高即低
戒烟，戒酒，忌吃辛辣油腻的食物
没必要参加的饭局，都婉拒
没必要爱的人，都放弃

每天沿着乡间公路
在空无一人的山冈上
独自追逐，独自逃跑

——我在追逐什么
——我又为何逃跑

3

朋友来看我
从湖南湘西骑车到云南昭通
灰头土脸的，像个逃犯
没有什么招待他，带去
后山的松林中

有几枚松果落下来
剥开，无籽。

4

村妇们给我介绍刚挖来的草根
——真像她们的名字
马鞭烧、羊蹄根、蛤蟆叶……
放在一起，文火慢炖后
熬出黑色的汤汁
味极苦，能治病
能治什么病？能治什么病？
……
我一直在追问

5

不会写名字，几十个人
让我帮着代签。整个下午
坐在吴家梁子上
签完李二财签陈家凤
签完罗石粉签杨文海
签完吴仕田签张德满

……签完施宗金签王单单
哦，写错了——
我慌忙涂掉，改成李明山
就像一个隐姓埋名的人
差点泄露了自己的身份

6

陈哑巴在贫困户信息表上
摁手印，摁不出任何指纹
我把他的拇指拿起来看
泥巴敷了一层。我没有
让他洗掉。我默认
这泥斑，就是他的指纹
这里面藏着他的命

7

站在岸堤上，我等它凫出来
但没有等到——
经过卯家冲水库
一只野鸭突然扎进水里
消失了。从它入水的地方
涟漪一圈圈，逐渐扩散
像谣言，在人群中传开
一层层将真相掩埋

8

十二社张泽满笼养一只鹩哥
会说话，它叫我同事的名字：
赵清俊、赵清俊……

一遍遍地，像一个朋友
被反锁在屋里

——他要出去

前几天遇着张泽满
他说鹩哥死了，因为有个“哥”字
我的心情变得有些沉重
总觉得死去的不是一只鸟
而是一个人

——他出去了

9

叽是一种鸟
喳是一种鸟
叽叽是一种鸟
喳喳是一种鸟
叽叽喳喳又是另一种鸟
一种语言对应一种身份
复杂而又精细。每天我
仰卧村中，听声识鸟
总觉得，神在创造万物时
一定，很伤神

10

握刀的手，用来握笔时
竟然颤抖起来——
入户调查途中，遇见
赵胜宽在地里砍草

顺便让他把自家信息填了

他蹲在荒原上，虔诚地写字
那一瞬，世界为了他
单独安静了一会儿

11

吴二钱的名字
被删掉了，在脱贫户名单上
死亡为他一次性兜底
那空出来的表格里
似乎端坐着，一个
衣食无忧的人

12

雪夜无人来访
在村上值班

开遍所有的灯，都是孤灯
赶完所有的路，都是独行

（选自《花鹿坪手记》，长江文艺出版社 2021 年 5 月）

孙磊《大海：帘幕 1》

综合水墨

120cm × 60cm

2019

寺山修司青春歌集选

／吴菲　译

少年

Ca c'est Paris[1]
也可算作悲歌吧
与烂醉的少年
倚在一件斗篷之中

我内心的少年
不归的夜里
煮着秋天的菜蔬
弄脏了面颊

与那个
无缘无故厌恶大海的 少年
待在实验室
却感到寂寞

冬季　竖长的玻璃窗上
身影扭曲
终于无法相信

[1] Ca c'est Paris，意为"这就是巴黎"，是被誉为"香颂女王"的法国歌手密斯丁格维特（Mistinguett）的代表作之一，发表于 1926 年。

少年转身离去

与那个　栖居在我内心的
守护森林的少年
入睡后
同听一张旧唱片

在能听见角鸮啼鸣的
小图书馆里
等待一个
耳朵洁白的少年

那个一直信任着我的
归去的少年与我之间
跳蚤跃过
寒冷土地

蜥蜴的时代

点着灰尘满身的灯盏
屋梁高耸
薄情的血
也遗传自祖父吗

追逐着飞鹰
向青空投去　辽远目光
连父亲的恋情
也曾想知道

夏末的阳光　渐渐转暗时
望着经过的死火山
在我体内

父亲的血醒来

将母亲弹奏的
钢琴的琴键　偷了来
泥潭中映着
曾经的我

某日
忆起曾想为那个
我贬低过的教师
采摘野蔷薇的事

波斯菊上
有昏暗的风
相拥而眠的少年
那眼睛　最让人嫉妒

夹竹桃开了
校舍里黑暗来临
我悄然愤恨
饶舌的母亲

扔下
苛求爱的女人
回望悬崖时
只见碧空清冷

钢琴猛烈奏鸣
日渐破败的
宅邸的玻璃窗上
天空却澄明

电话中
苛求爱的声音激荡时
桌上的金鱼
静静后退

流汗的人群
哄笑着观望
其中一方的狗
被咬死了

鱼鳞云崩塌
转暗的教室走廊上
我曾欺骗的
女教师在等候

握紧了
反手击落的云雀
从窗口窥探
你的钢琴

手持镜头收集春日
并以此为幸的　叔母
一个人
迟钝地笑了

因患肺病
喜欢深红夏花的母亲
我曾被她
温柔地欺瞒

告知　云雀之死的电话
突然中断

深蓝天空
蓝得眼睛都痛了

将甲虫　紧握在手里
呼吸粗重
伫立在
父亲的寝室前

从被碾压在　车轮之下的
小狗身上
跳蚤跳到了
火热的路面

对别人的不幸
反倒幸灾乐祸
来海边　吹奏一把
吹不响“咪”音的口琴

如同 business
一边听着告白
一边在苹果树的树干上
磨蹭着后背

行色匆匆地
犹大离去了
春日原野上
得胜者最是寂寞

如同少年时
赢得的胡桃那样
带着伤痕啊
我的青春

看了胸中绽放的
海边的焰火后归来
插入孤单的钥匙
故意弄出声响

打着阳伞来到海岬
曾是我妻的你
记忆一直
未能重合

仅以我所知而言
春天的泥土深厚
苹果的种子
与我的爱相似

被蓝天夺走自我
而发出轰响的
猎枪声
也渴望爱吗

直角天空

自清晨海边
拾来的枯木
不停地将它削割
因渴望着爱

将铁铲
笔直地　插在地上
那个掘墓的男人
明日便不会再见

悬挂红肉的
冬日玻璃窗上
映照出
身为送葬行列一员的我

身着外套
将墓石抱起
枯黄原野上的那个男人
与我并不相干

在地下室的酒樽上
摁灭烟头
祖国的歌
也再难相信

在庭院播撒
胡萝卜的种子
那仅有的　牧师的幸福
不经意撞见

散落在地下室里
发芽的马铃薯
以及韩人同道
从此不再造访

我窗外　必有断崖
寒冷而青翠
渐渐失去故乡
却不能呼唤

那个身着外套

喝醉了　便誓言革命的人
名字也未得知
海雾幽深

已在我冰冷射程内
照准的
屋顶的麻雀
也许是母亲

汲取了　冬日怒涛
便是静静一汪水
我的胸怀
渐渐映在其中

冬菜碎屑
漂浮的河面
倒映出的我
面带白着的微笑吗

让螃蟹趴在胸口
闭上眼
体会那粗糙
在渴望爱的时候

将干燥的田螺
踹开的人们
依然未能将
牢骚化为主张

面颊紧贴着的　玻璃窗外
只有天空
若是连一只鹰

也错失了

我的野性
就好比　木椅咯吱作响
将牧师的话头
轻易夺走

或为那　堪为旗帜的
我的明天吧
或可借鉴那发芽的树
将鞋子仔细擦拭

在歪倒于向阳处的
冬日的斧头面前
耷拉着手臂的我
并非胜者

随手关上身后的门
一边大大地　打了个喷嚏
难道是为了
被驳倒而来

汲取了
冬日怒涛而来
平静的桶里倒映着
归来的一介渔夫

水田间的
路灯点亮时
他输了争辩
大醉而归

浸入　从日暮下的溪流中
打来的水里
清洗　从身为俘虏时起
就穿着的军鞋

也不知
是不是我的神呢
将那冬日的鸽子　击中后
不断冒着硝烟归来

被碾压的狗身上
跳出跳蚤
钢筋混凝土的冬
蔓延其上

银河宽阔
横亘于　街镇天空
无名的怒火
该如何歌咏

孙磊《大海：入定 1》

综合水墨

120cm × 60cm

2019

塔林爱情故事

/ 琭琭 Luna

走在人群里，四周的橱窗
时钟倒置，野生长颈鹿斑点散尽
顺着光线流淌到我的脚面
路过的灰尘玩弄裙摆，将我变得赤裸
我的鞋子没有月光，更没有波浪
为何悲伤地渗出水来？

他们笑着指责我
在凉爽的房间，相互抚摸
掉在地上的墙皮，是手的样子
地下道的流浪歌手，歌声里
满是黑天鹅冰凉的身体
天桥边的出租车，装模作样冒着热气
幽黄空气中一张张恍惚的脸
(大衣上的塑料梅花)
那是珀耳塞福涅的穿梭
尽头满是死亡，人们笑着
相遇、爱上、背叛、告别
我看着你为她戴上帽子
背上站着一只花尾巴的天牛

过去的你，还走在塔林古老的石板上
这个你，抽着二手香烟，从遥远的
赫尔辛基寄来明信片：
上边画着一朵黑色玫瑰，六十天前
它还插在你窗台的玻璃瓶里
如今腐烂在这张得意的纸片中

在平沙岛

／ 阿翔

我看见盛大的雁群，安静得像
一场独立于时间的证词：
现场中平沙不落雁。

拜访所有的教堂，我厌倦于
视野的无限，木制的果园，
舌尖上的隐约声响。

草坪的静止，比油画犹如一次弥漫，
河流炽热的一首诗，
融合了马的飞驰旧气味。

岛上的环形路，环绕风声，
邻居的孩子们自由地追逐，
就好像是瞒过大自然的灵魂出窍。

直到轻盈的骑术更换为陌生人，
在郊外的梦寐，早就习惯了
花枝的魔术表演。

像船头的古老，领航于岛上的生活，
月光亮晃晃地照耀着潮汐，
那降临于荒野的晚餐……

新生

／ 徐晓

命运，我不再是被你精心选中待宰的羔羊
刀尖，我不再用带伤的舌尖舔你冰凉的锋芒

这一次恸哭之后，我将拔除体内坚硬的顽石
而爱是一项天赋，永不消逝
日复一日游动，如血液里的氧
对于未知深浅的河流，我不再以身试险
我的眼皮依旧豢养着两座大山
像两支旗帜飘摇的军队
久久地隔岸相望。我脚下的土地
是重新修葺的庭院。我初来乍到
这个新世界。我的心中不再飘落
雪花般沁凉的绝望。但秘密已被封存
几千个日夜，我尚不能解开它
积满灰尘的纽扣，愿它们在时间的废墟中
团结友好，安于秩序的规训
免于应付两片嘴唇了无生趣的日常问候
我静默于这终于到来的。一切变得清晰——
黎明前我将重新降生，带着过去残暴的记忆

视觉

/ 林雪

在山谷那边，雾从隧道弥漫了过来
我看不见峰顶，连峡谷也
被雾填平了。大地像是在做梦
一些细密的水汽
折射出梦境。光谱。但不是水，也
不是光。直到一列火车从
隧道口出现，无声地驶来
雾翻腾着，空气抖动。一列
火车驶来，直行。转弯
一列火车在山谷的那边消失
雾从隧道口弥漫了过去
大地仍然在梦中。这是我

从前拍到的一幅照片上的景象
在抚顺市将军街北里 32 号
一个有雾的夏日的早晨，一列火车
在我临时居住的房子边上
开了过去。那些我从未见过的人
与我擦肩而过。他们曾扑面而来
又穿过这样一种时空，他们
不再回来，直到消失

匮乏的春天

/ 荣荣

在物资匮乏的年代，
春天还是带来了一些东西。
比如屋边墙角，
青草细密得如同一篇怀旧的
蝇头小楷。蚂蚱会突然
停在空中，它的青绿在渐渐转向

泥黄，一丝淡淡的黯然。
远处的那抹云彩，
在很轻微的风里消散。
一只早春的燕子飞过，
翅膀剪开内心的寂静。

孩子穿着朴素的旧衣，
木壳枪缀着闪亮的红缨。
他的眼里有蚂蚁一行，
那是他精心饲养的军队，
此刻，那帮兵们正集体背负着一只绿蝇。

午后的宁静随阳光移向

石阶、晒场、河廊。
月季花旁，彩蝶在更静地欢呼。
邻居的宝贝追赶自己歪斜的影，
细弱的短腿跑向巷子深处。

不远处，河水涨上来了，
够着了嬉戏的蜻蜓，
和窗前那双张望的眼睛。

晨雨中突然想到

/ 马泽平

我坐过的那把椅子还在
秋雨滴滴明亮，
像困顿中突然醒来的巨兽
剥去椅面上那些已经
掉色的漆皮，
又一点点啃噬结构。
木头也有一颗琥珀之心
接受雨水雕琢，可能
也惊悚过
但现在乖极了
像等着丈夫抚慰的妻子。
我坐过的那个位置
积满雨水，磨损过我尾骨的
也被自然力磨损
时间终究是公平的
借给我们多少
到某一天，就得还回去多少
我常常因此而倍感幸运
北京有很多园林，
但没有一座是我熟悉的。

弗罗斯特与我

/ 唐力

1

他一定在等我，一同前去牧场的
最深处，那儿有一处泉眼
被落叶覆盖，他拨开了落叶与枯枝
用苍老的双手掬起一捧泉水
让我啜饮。于是我埋首于他的掌中
轻轻饮水。我鼻孔的气息吹起细微的涟漪
他手中的水，一点点地从指缝里漏下
自我宁静的影子

2

黑夜、马匹、冰湖、辔铃
他站立在一座树林的面前，注视着
雪花飘飞。而我站在词语之外
隔着一页纸张，看到
一片雪花，落到他头发的深处
就如落入另一座森林
他注视的这座黝黑的森林，不是他的
也不是我的。虽然我拥有
这本诗集，但我也不能据为己有
在今夜，我们俩都不能入睡
都还要走很远的路，他得牵着
犹疑不定的马，沿着
雪花飘舞的道路，一直走下去
我得找一些清洁的词语
洗涤我的灵魂

3

他曾面对两条道路，犹豫不决
他最终踏上一条道路，却把
生命和梦幻、回忆和遗憾，全都交给了
另一条道路：内心永远萦回，永难忘记的道路
我也曾面对两条道路，但我同时踏行：
肉体奔向一条道路
精神奔向另一条。两条
完全不同的道路
却都让我历经沧桑，遍体鳞伤
而最后，它们都抵达了同一个
错误的终点

观景台

/ 韦廷信

我在观景栈道上看见一艘即将远行的船
它的身体，一半嵌在峭壁之中
一半正扑向大海
它在峭壁中裸露出来的部分
黝黑，冰冷，孤独
它渴望扑向大海
而大海只伸向虚无
山坡上几架大风车不停转动
它们同时摇头，像是在极力说不——
一个个落日被大海吞没
大海奔流的方向并没有因此改变
——我步入船舱时
莫名地也想说出一些怜悯之词
落日沉默，孤舟远眺

消失的岛屿

/ 午言

凌晨两点，夜已深到树叶寂静，
蝉噪隐于黑色的真空。

突然，一声死亡的颤音拉下闸，
灯光飞速变暗，然后陨灭。

他曾多么用力地去爱，
只是有些波纹永远无法碰壁，

也因此失去了回声。他多么渴望
回声，那是救命的声音。

但夜过于漫长，他始终穿不透
云层阻隔的围困；今夜再次逢雨，

于是他希望那个人听见：消失，
是自己稳操胜券的最后筹算。

喊一声父亲

/ 涂拥

趁没人，面对冬日长江
我忍不住喊了一声：父亲！
江水并不因此而激动，它老了
瘦下去的河床露出骨头
还漏洞百出
几只水鸟立在上面，朦胧中
像是几块墓碑

我站在岸边，淤泥张开大嘴
已经有水喝不到了
腐烂无法抑止
我的绝望如夏天洪灾
泛滥，蛮横，席卷一切
趁我还在恍惚，儿子
突然从背后将我拦腰抱住
大喊一声：父亲！

墙上花园

/ 宗小白

墙上的花园象征来不及赞美的生活
那翻墙而出的花朵，带着一种不顾反对
也要自己去发现这世界的热情
像姐姐不顾父母反对也要嫁给她喜欢的人
他们开垦荒地，承包鱼塘
在院墙下种蔷薇和玫瑰
他们拥有的幸福一定超过了
那来不及进行的赞美
多年后我仍能从姐姐身上看到
这种赞美的愿望，有一次旅行
在宾馆房间，她麻利地收拾妥当
又找来一只玻璃瓶
注满水，将一枝开到酒店院墙外
被雨打落的玫瑰，插了进去

她还是喜欢这种不顾一切的花朵
好像她从未因此，而守寡多年

水杉

/ 冯强

小区前的整饬队列
此地裸露的神经，叶片脱尽不影响
他们热爱地心引力，每一个当下
调整自己的弧度，热爱与地面的
垂直，绝不驼背，绝不旁逸，又引而
不发，水杉的时间允许暂时的困惑
不满于人类给予的位置，他们测量
相互间的距离，商议各自从合适的方向
伸出下一根枝丫，以确保每一个自己
获得恰当分量的阳光，我和女儿惊呼于
他们的尺度和默契：多大的距离
可以拉多长的枝，不一定向阳
可以迂回，向阴面伸展，或者力争
上游，在更高的地方透一口气

在路边入定，装饰着掩护着路面
被砍伐，为了腾出一个停车位的空间
相互交流痛苦，在地面下碰拳，接受
一米石灰的美意，接受我们的无视，水杉
依然是一株水杉，纠正着自己与地面的倾斜

大象之死

/ 吴小虫

草甸以绿，泉水以山
唐朝的驿站被稀释着
游人花 20 块钱就龙袍加身
一滴大海藏于瓶中
看天际白云朵朵风吹斜了柳枝条

张有梦不管这些，他要养活那个小家
三十年老妻埋于地下
二更天左腿预感阴沉
垂垂老却并无形象，苟延残喘仿佛等待

身处其中的意思，每个人都参与了
大象之死
如何在茶歇中思乱离，刀枪入库
思流血，见清澈以为是清澈
能被伤害的，也只有对等之此身

且上仙女山
且在天坑地缝

良愿

／ 陈先发

不动声色的良愿像尘埃
傍晚的湖泊呈现靛青色

鸟在低空，不生变
枯草伏岸，不生疑
只一会儿，榆树浓得只剩下轮廓

迎面而来的老者
脸上有石质的清冷

这一切其实并不值得写下
淤泥乌黑柔软
让我想起胎盘

我是被自然界的荒凉一口
一口
喂大的。远处
夸张的楼群和霓虹灯加深着它

轻霜般完美
轻霜般不能永续

蜜蜂花简史

／ 臧棣

向阳坡地上，唯有它们
迎着山谷里的风，在给荒野做减法；
唇形科植物，草本你见过
大世面，但只钟情于
轮回最没误解生命的安慰。

天空蓝得如同一脚刹车
踩进了深渊；不跟着自转一下，
怎么会内疚到：遥远至少意味着
身边的安静可用于打磨
一把比清醒更锋利的

类似削皮刀的，纯私人器具——
标志就是，猛一抬头，
太阳如同一只巨大的蜜蜂
爱上了同样盛大的蓝色花朵。
想猜中谁是受益人的话，只需大声重复

兰波的叫喊：我是一个他者。
更深的回音中：信任是神秘的，
假如最深的信任必须来自

最陌生的你曾独自在荒野中
停留过四十八小时。

无题

/ 余笑忠

来不及吃的红薯发芽了
变成了不能吃的红薯
来不及说的话给咽回去了
变成了不能说的话

把发芽的红薯埋进土里吧
箴言如是说
把不能说的话埋进心底吧
就此陷入沉默

这是一个错误的类比
你的语言不会长出真实的叶子
你的沉默必将一无所获
石头不能借由雷霆、暴雨
改变什么

在如此严肃的话题下
一颗红薯显得微不足道
在被人遗忘的角落悄悄发芽
俨然宣告它的新生
它有日益枯竭的一面，它有
被唤醒的、天真的一面

评论与随笔

技艺的历史性

——论新诗开端处的闻一多

/ 张伟栋

关于新诗开端或起点的问题，今天看来依然是一个有争议的问题，因为开端并非一个单纯的时间性概念，而是一个含义复杂的历史性概念。这就是说，对开端的确认，是从其所造成的结果而得知的，海德格尔、本雅明等在这一向度的思考，对我们仍有重要的启发意义。在新诗百年的历史之后，重新审视开端问题，则有助于我们对新诗总体性有更好的把握，进而重述新诗在整个现代主义诗歌史中的独特历史地位，而这恰恰是新诗研究最为薄弱的一环。毫无疑问，闻一多是理解新诗历史走向的关键人物，他与徐志摩携手开创的新月派对后世影响巨大，被归属为新诗建设时期的代表，但是如果我们注意到闻一多与郭沫若的复杂关联，会发现闻一多是理解新诗开端问题的最重要线索，或者按照卞之琳的说法，《死水》理应是新诗的开端之一。本文试图以开端问题为契机，围绕闻一多对郭沫若以及《女神》的评价来展开，透过这些评价在世界诗歌的范畴下重释闻一多的诗歌观念，以期对新诗的现代性问题给出不同理解。

一、新诗的“开端”与“总体性”

一般来说，1920年出版的《尝试集》虽然被公认为比较幼稚、平庸，作者胡适本人也被认为是“没有多少诗人气质”。[1] 但在主流文学史的叙述中，《尝试

---

[1] 卞之琳《新诗与西方诗》，《诗探索》1981年第4期。

集》一直被赋予了新诗开端或起点的地位，此乃是在文学革命的意义上强调新诗的“新”，以区别于传统的旧文学，所以废名说：“要讲现代文艺，应该先讲新诗。要讲新诗，自然要从光荣的《尝试集》讲起。”[1] 但其背后的逻辑正是一种摆脱旧文学的文学进化论想象，姜涛曾非常敏锐地指出了这一点：“新诗的发生以及成立，是呈现于《尝试集》与《女神》之间的：一为开端，一为完成，两本几乎同时出版的诗集间，一种‘进化’或‘回归’的时间差被想象出来。在这种印象基础上，上述基本的文学史线索被普遍接受，并延续到了当代。”[2] 这种文学史版本的新诗“开端论”只是遵循了时间的线索，而较少考虑到历史变动中新诗的展开逻辑，所以随着新诗的不断发展，这种开端论的弊端也就显现出来，因而很容易受到质疑与批判。

对以《尝试集》为开端的历史叙述持强烈反对态度的是诗人张枣，他认为：“作为新诗的现代性的写作者，胡适毫无意义，也无需被重写的文学史提及。”[3] 正是基于这种现代性立场，张枣重新勾画了新诗的历史谱系：写于 1924—1926 年的《野草》被认为是新诗的开端和起点，鲁迅被追认为“新诗之父”，而后续接《野草》的现代性书写的乃是闻一多所代表的浪漫的象征主义书写，梁宗岱从法语诗歌中发展出来的象征主义诗学，三十年代卞之琳、废名和“现代派”等诗人共同展开的语言探索，四十年代的冯至和“九叶诗派”向语言纵深的拓展，以及黄翔、食指所代表的地下文学，再到朦胧诗和后朦胧诗，构成了这一新诗现代性谱系的完整脉络。这一谱系以多元向度展开，但具有内在的统一性，即对现代性的追求：“我们的文学史写作应该有新的敏感和重写自己的勇气，应该去辨认和确认如下事实：中国自 1917 年以来的白话新诗，是现代诗，其现代性就是现代主义性，其传统就是几代人自觉的连贯的对这种现代性的追求。”[4] 张枣的现代性方案无疑窄化了新诗的历史与丰富性，将新诗推向了一条“元诗”之路。

不同于主流文学史的叙述，也与张枣的个人化建构区别较大，姜涛试图将 1921 年出版的《女神》构建为新诗的开端。那么按照这种构建，《尝试集》则处于旧体诗与新诗之间的过渡阶段，属于“白话诗”，还不是“新诗”，因其并没有赋予新诗以历史的向度和精神的品格。这样的观点最早来自郭沫若，按照郭沫若的

[1] 废名、朱英诞《新诗讲稿》，陈均编订，北京大学出版社，2008，第 24 页。

[2] 姜涛《“起点”的驳议：新诗史上的〈尝试集〉与〈女神〉》，《文学评论》2003 年第 6 期。

[3][4] 张枣《文学史……现代性……秋夜》，《张枣随笔选》，人民文学出版社，2012，第 198 页。

看法，《尝试集》不值一提，胡适本人的文学主张也都无足轻重、可有可无，原因就在于其创作与文学主张都没有抓住时代的精神："然而严正地说，他所提出的一些文学方案在后来的文学建设上大抵都不适用，而他所尝试的一些作品自始至终不外是一种'尝试'而已。譬如他说'有甚么话说甚么话'，这根本是不懂文学的一种外行话。"[1] 对于将《女神》作为新诗开端的人来说，《女神》的气象则完全不同，无论是形式还是内容都是"新"的，重要的是深刻地理解了时代的内在变动与历史的转变。闻一多于 1923 年发表的《〈女神〉之时代精神》一开始就以这样的思路将《女神》置于了开端的地位，并在"二十世纪底时代的精神"的名目之下构建了新诗的历史向度。姜涛的《女神》开端论，正是在闻一多的基础上，结合当代的历史问题，而立意阐发的。闻一多与新诗开端问题的重要关联，正是在这样的思路中清晰显现出来。

姜涛同张枣一样，认识到开端问题即是总体性问题，也就是说，开端不仅仅是确立一个起点，更重要的是要确认经由起点而完成的部分，按照海德格尔的观点："开端、本源，在事情的发生过程中渐渐显露而出，并在其终结处才完全在此。"[2] 无疑，开端是一个历史性的概念，指的是新事物的开启，同时也包含了对后来生成之物的追认，因而是一个总体性的问题。所以，姜涛说："闻一多所谋者大，借谈论《女神》，他也意在阐发对新诗之'新'，抑或新诗之'现代性'的总体理解。"[3] 正如姜涛所说，闻一多对《女神》的评价之所以立意深远，凭借的是对新诗的总体性理解。事实上，正是通过与《女神》的对话，闻一多发展出与新诗最初实践者非常不同的诗歌观念，比如胡适、俞平伯、康白情等人强调的是新与旧、古与今的对立与断裂，而闻一多试图从"文学的历史动向"中找到新诗的历史法则。从世界诗歌的角度，闻一多（1899—1946）与蒙塔莱（1896—1981）、路易·阿拉贡（1897—1982）、布莱希特（1898—1956）、哈特·克兰（1899—1932）、亨利·米肖（1899—1984）、弗朗西斯·蓬热（1899—1988）、赛菲里斯（1900—1971）、奥登（1907—1973）等现代主义诗人是同一代人，他们的写作分享了相同

[1] 郭沫若《文学革命之回顾》，见《郭沫若全集》第十六卷，人民文学出版社，1989，第 93 页。

[2] 海德格尔《荷尔德林的颂歌〈日耳曼尼亚〉与〈莱茵河〉》，张振华译，商务印书馆，2018，第 3 页。

[3] 姜涛《"世纪"视野与新诗的历史起点——〈女神〉再论》，《中国文学批评》2019 年第 2 期。

的历史经验与主题，比如战争、历史的动荡与语言的重建等等。透过这些历史经验与主题，我们看到，闻一多所发展出的诗歌观念，是可以和他同时代的现代主义标志性诗人对话的。正如胡戈·弗里德里希所说：“20 世纪几乎所有伟大的抒情诗人都提供了一种诗学观、一种关于其个人的诗歌创作或者整个的诗歌创作的体系。这些诗学观对现代抒情诗的叙说不亚于其对诗歌作品的叙说。”[1] 这也就是说，没有一种崭新或成熟的诗学观念，是无法创造出伟大的诗歌作品的，波德莱尔也曾明确指出这一点，尤其对现代主义诗歌来说更是如此，因为旧的诗歌原则已经失效，必须创造新的原则才能展开新的语言。这意味着检验一个诗人的诗歌观念是衡量其作品的重要手段，那么，将闻一多的诗歌观念与同时期的诗人相比较，会更加清楚地看到闻一多对新诗总体性构想的历史含义，进而把握其具有的开端意义。

关于新诗开端问题的第四种方案，是由卞之琳提出的。卞之琳的方案是明确将闻一多作为新诗的开端来把握的，他写于 1979 年纪念闻一多八十周年诞辰的文章《完成与开端：纪念诗人闻一多八十生辰》，使用了“开端”这个概念来评价闻一多，在文章结尾处的最后一段话，情深意切，远见卓识，立足于新诗“未完成的事业”，“立身于作诗的力量之域”[2]，指出闻一多为新诗做出诸多开端，并仍有待于未来的发展，“开端”在这里既是一个历史的概念也是一个诗学的概念，而且后者尤为重要。依照这种诗学的概念，文章的另一处，卞之琳将《女神》等十一部诗集均视为新诗的“开端”或某一“开端”，也就是说没有一部诗集可以单独来定义新诗：“从《女神》（初版于 1921 年）以后到共和国成立为止，新诗发展史上，还是数《志摩的诗》（1925）、《死水》（1928）、《望舒草》（1932）、臧克家的《烙印》（1933）、艾青的《大堰河》（1936）、何其芳的《预言》（1937），或其后的《夜歌》、田间的《给战斗者》（1938）、冯至的《十四行集》（1942）、李季的《王贵与李香香》（1945）。这些诗集或长诗，从内容到形式，从题材和构思，都是标志了一些新的开端。”[3] 如前所述，没有总体性的认识，无法确定开

[1] 胡戈·弗里德里希《现代诗歌的结构：19 世纪中期至 20 世纪中期的抒情诗》，李双志译，译林出版社，2010，第 133 页。

[2] 海德格尔《荷尔德林的颂歌〈日耳曼尼亚〉与〈莱茵河〉》，张振华译，商务印书馆，2018，第 23 页。

[3] 卞之琳《完成与开端：纪念诗人闻一多八十生辰》，《文学评论》1979 年第 3 期。

端，开端与总体性是同一问题，上述四种关于新诗开端的方案，均是依据关于新诗的总体性认识而做出的，比如主流文学史的“文学革命”原则、张枣的“现代性”原则、姜涛的“时代精神”原则，而卞之琳的则是“技艺”原则，显然，“技艺”并非单纯形式或内容的考虑，而是应归属于书写原则方面，其核心在于“转化”，即将经验、情感或历史现实转化为诗歌语言的能力，通过这一原则来看待新诗的开端问题，也必然无法以单独某一作品来描述与定位。

二、闻一多诗歌观念的历史意识

事实上，姜涛的“时代精神”原则和卞之琳“技艺”原则正是贯穿新诗整个历史脉络的两个核心原则，也是新诗保持活力的源泉。但正如历史向我们显示的，这两个原则在闻一多那里才开始得到自觉遵守与维护，《诗的格律》是显示这两种原则被自觉阐释的最好例证，在其诗歌作品中这两种原则也得到很好展现，正如卞之琳后来所总结的：“现在大家都容易认识《死水》里蕴藏着‘火’。只是我们都还没有充分学到《死水》所启发的炼丹式功夫而加以推进而已。”[1] 这里的“火”所指的正是“时代精神”，“炼丹式功夫”乃是“技艺”的层面。

从这两个方面可以看出，闻一多具有比同代人更为清醒的诗歌意识与历史意识，即使与他所称赞的郭沫若相比，闻一多的诗歌观念也更有建设意义和创造性。姜涛的评说深刻地揭示了这种创造性的含义：“与同时代的读者和批评家不同的是，闻一多在一开始就挣脱了语言、形式层面‘新旧’之别的讨论，另辟空间，使用了一个德国式的概念‘时代精神’(Zeitgeist)，来概括他对《女神》中动荡不安、激昂扬厉之气息的感知。”[2] 闻一多之所以能另辟空间，挣脱他那个时代的桎梏，与他对《女神》的天才理解是分不开的，更重要的是与他从传统的旧文学与正在变革的世界文学影响之下形成的新诗观念有着根本的关系。

学者程光炜从文学史的视角将闻一多的诗歌影响归纳为三个方面：格律化、戏剧化与人民性[3]。这样的划分是客观而且相对充分的，基本上代表了大多数研究者对闻一多的看法，问题是，如果仅仅将这三个方面作为既成事实来接受，而不

[1] 卞之琳《完成与开端：纪念诗人闻一多八十生辰》，《文学评论》1979 年第 3 期。

[2] 姜涛《“世纪”视野与新诗的历史起点——〈女神〉再论》，《中国文学批评》2019 年第 2 期。

[3] 见程光炜《闻一多新诗理论探索》，《文学评论》，1998 年第 2 期。

去考虑其背后的诗歌意识与历史意识，那么其开端的意义就失去了。雷蒙·阿隆说过："我们的政治意识是，而且不可能不是一种历史意识。"[1] 毫无疑问，诗歌意识同样是而且必然是一种历史意识，而且只有从历史意识的角度才能更完整全面地理解诗歌。因为，所谓历史意识，乃是对现实的整体性把握，是将对过去的阐释、对当下的把握与对未来的展望整合在一起的情感、认知与信念。从过去的角度讲，"唯有一个理解传统、认知过去的诗人，始能把握到他与时代的归属关系"。[2] 从当下和未来的角度来把握历史意识，"历史作为一个主体，其结构不是坐落于同质而空洞的时间之中，而是坐落于为当下所充盈的时间之中"。[3] 前者属于 T.S. 艾略特的经典历史意识理论，后者则是本雅明的历史意识表述。闻一多诗歌观念的历史意识与艾略特如出一辙，同时带有本雅明的特征。

很显然，闻一多与新诗最初实践者的差异，源于历史意识的不同。像胡适等人那样强调新与旧的对立，试图以所谓"纯粹新诗体"来确立新诗的形态，或是郭沫若等人那样以浪漫派的主张来定义新诗，强调"直觉 + 情调 + 想象"的作诗法，都并不成熟，只是应对具体历史情境的临时策略，对后来的新诗发展并无持续性影响，这是因为两者诗学的动力皆在于对古典文学或者旧文学的背离，对世界诗歌的历史动向并无真实的理解。实质上，胡适的改良主义与郭沫若的"浪漫历史主义"[4] 是现代性问题的一体两面，并同样在历史的变革中遭了"破产"的境遇。我们看到，胡适后来对新诗的看法始终没有超出 1919 年发表的《论新诗——八年来一件大事》，对照旧体诗，胡适提出"新体诗"，以音节、声调、用韵等形式要素来命名新诗的"新"，以至于 1956 年，胡适对新诗的创作成绩进行整体评价时说："一般来说，40 年的新文学，新诗只不过'尝试'了一番，至今没有大成功。"[5] 这样的说法依然是参照了旧体诗的标准，这也说明胡适对新诗并无真正的理解。郭沫若的诗歌观念在《论诗三札》《我们的文学新运动》《文学革命之回顾》这三篇

[1] 雷蒙·阿隆《历史意识的维度》，董子云译，华东师范大学出版社，2017，第 26 页。

[2] 杨牧《历史意识》，见《一首诗的完成》，台北：洪范出版社，1989 年，第 64—65 页。

[3] 本雅明《历史哲学论纲》，见《写作与救赎：本雅明文选》，李茂增 苏仲乐译，东方出版中心，2009，第 47 页。

[4] 见王璞《抒情与翻译之间的"呼语"——重读早期郭沫若》，《新诗评论》，2014 年总第十八辑。

[5] 唐德刚《胡适杂忆》，转引自《卞之琳文集》（中卷），第 224 页，安徽教育出版社，2002。

文章中有集中体现，其观念并非像胡适那样一成不变，而是根据历史境遇不断拓展和变动的，但其核心仍是浪漫主义的诗学观，主张超越现实边界，打破枷锁，冲破一切障碍，强调“时代精神”、主体的能动性与历史的创造性，其从“文学革命”到“革命文学”的转换路径，按照李欧梵的说法可以概括为从个人浪漫主义到集体浪漫主义，其动力与历史意识被描述为普罗米修斯主义与狄奥尼索主义的合力[1]。

闻一多对两者所代表的诗歌观念及其历史意识有过严厉批评，他说：“我们这个时代是事事以翻脸不认古人为标准的时代。这样我们便叫作适应时代精神。”[2]也正是在这个层面，闻一多对《女神》中表现出来的“盲从欧化”强烈反对，并给出自己的主张：“以上，我所批评《女神》，非特《女神》为然，当今诗坛之将莫不皆然，只是程度各有深浅罢了。若求纠正这种毛病，我以为一桩，当恢复我们对旧文学底信仰，因为我们不能开天辟地（事实和理论上是万不可能的），我们只能并且应当在旧的基石上建设新的房屋。”[3]“在旧的基石上建设新的房屋”，后来以更简洁直接的方式被表述为“中体西用”，他在1935年的文章《悼玮德》中写道：“我这主张也许有人要说便是‘中学为体，西学为用’。我承认我对新诗的主张是旧到和张之洞一般。”[4]但这样的主张至今并未得到很好的理解，缘于闻一多身上的标签对其的遮蔽。如同朱自清、臧克家、艾青等人给闻一多贴上容易让人误认的“爱国诗人”标签一样，当代也有学者将闻一多作为1940年代激进思想的代表，为其贴上一个“激进诗人”的标签，同样使人误入歧途。此种对闻一多的传统观念是有误解的，闻一多的传统观念并非“复古”[5]式的，也非传统本位的文化保守主义者所提倡的那样，他是一个反对“家族主义”的民族主义者，对维系传统宗法皇权的价值观念一直予以批判与否定，他寄希望于民族的发展和未来的方向，试图通过传统文化寻找历史的新动向，如《文学的历史动向》

[1] 李欧梵《中国现代作家的浪漫一代》，王宏志等译，新星出版社，2010，第303页。

[2] 闻一多《〈现代英国诗人〉序》《闻一多全集》第2卷，湖北人民出版社，1993，第171页。

[3] 《闻一多全集》第2卷，湖北人民出版社，1993，第123页。

[4] 闻一多《悼玮德》，《闻一多全集》第2卷，湖北人民出版社，1993，第186页。

[5] 闻一多曾于1944年批评过“复古”的传统意识，见《复古的空气》，《闻一多全集》第2卷，湖北人民出版社，1993，第351-355页。

所坚信的："过去记录里有未来的风色。"[1]也就是强调传统的当下性，但前提是要破坏掉传统文化中的糟粕，所以从文化保守主义者的眼光来看，闻一多一直是"激进"的，实际上也并不存在所谓的一百八十度的转变和全部摧毁中国的传统文化的主张。

关于传统，艾略特强调："诗人必须获得或发展对于过去的意识，也必须在他的毕生事业中继续发展这个意识。"[2]艾略特认为只有获得传统的支持，诗人才能真正建立与自己时代的关联："就是这个意识使一个作家成为传统性的。同时也就是这个意识使一个作家最敏锐地意识到自己在时间中的位置，自己和当代的关系。"[3]闻一多在这方面与艾略特是完全一致的，只是他未能像艾略特那样清晰而系统地阐发，但他已经抓住了现代主义诗歌最为核心的问题。闻一多基于此种历史意识关于新诗定义的阐发，今天读来则更觉含义丰富：

> 我总以为新诗径直是"新"的，不但新于中国固有的诗，而且新于西方固有的诗；换而言之，他不要做纯粹的本地诗，但还要保存本地的色彩，他不要做纯粹的外洋诗，但又要尽量地吸收外洋诗的长处；他要做中西艺术结婚后产生的宁馨儿。我以为诗同一切艺术应是时代底经线，与地方底纬线所织成的一匹锦。[4]

从当代诗的眼光来看，闻一多超越了其时代的局限，他的新诗定义着眼于汉语的未来与创造性维度，兼顾了古与今、东与西、世界性与民族性、时代与地方、当下与未来等诸多层面，赋予新诗以源源不断的活力与创造机能，试图以此成就一门崭新的艺术。如果将其与当代诗人张枣对新诗的定义相对照，会发现两者基本上是一致的，张枣认为新诗"既能从过去的文言经典和白话文本摄取养分，又可转化当代的日常口语，更可通过翻译来扩张命名的生成潜力。正是微妙地维持这三种功能之间的生态平衡，而不是通过任何激进或保守的文学行动，才证实了这个新系统的'活'的开放性，也才产生了有着革新内涵的、具备陌生化效果的

[1] 闻一多《文学的历史动向》，《闻一多全集》第 10 卷，湖北人民出版社，1993，第 21 页。

[2][3] 艾略特《传统与个人才能》，见陆建德主编《传统与个人才能》卞之琳 李赋宁等译，上海译文出版社，2012，第 3 页。

[4] 《闻一多全集》第 2 卷，湖北人民出版社，1993，第 118 页。

生效文本”。[1]张枣同样着眼于新诗的未来与创造性，将新诗构建为开放性的具有自我革新能力的生态系统。两者的定义都试图在世界诗歌的范畴中赋予新诗以独特的历史地位，但张枣的定义是历经了对整个近现代中国的总体性理解和对世界诗歌的相对全面了解之后作出的，因此更准确地抓住了新诗的历史与未来的向度，那么从当代诗的视角去回望新诗初期的闻一多，则清晰显示出闻一多非凡的理解力与判断力以及对历史动向的深刻洞察。

三、闻一多对《女神》的评论

从这个意义来看，闻一多对《女神》的评论是新诗史上的关键时刻，其从中发展出来的诗歌观念甚至可以说是自鲁迅《摩罗诗力说》之后最具有建设意义的新诗理论。通过现有资料来看，我们可以将闻一多对《女神》的评论分为三个部分：一是书信中的私下评论，在写给闻家驷、梁实秋、吴景超、臧克家等的信中，《女神》及郭沫若多次被提及、评判，虽只是只言片语，但显露出了闻一多的诗学抱负与具体主张；二是我们所熟知并被广泛阅读的《〈女神〉之时代精神》《〈女神〉之地方色彩》这两篇雄文，较为全面地展示其对《女神》的认知；三是并未提及《女神》或郭沫若的文章，但事实上隐含着对其的批评，比如《诗的格律》《邓以蛰〈诗与历史〉附识》等。毫无疑问，这些关于《女神》的文字背后的驱动力是闻一多自己的诗学主张与诗歌观念，当我们将其置于新诗开端问题脉络中，则彰显为更为深刻的历史含义。

通过私下的信件，我们看到，闻一多登上新诗历史舞台的情境与奥登步入英国诗坛有着历史的相似性，奥登说，当时的英国诗坛在期待着某个人物出现，以填补一个空白，而他所说的那个人就是他自己[2]。1922 年 5 月 7 日在写给弟弟闻家驷的信中，闻一多的口吻和意愿颇似奥登：“我很相信我的诗在胡适、俞平伯、康白情之上，郭沫若（《女神》底作者）则颇视为劲敌。”[3]将郭沫若视为劲敌，在于《女神》开启了新诗的新纪元。事实上，1921 年的《敬告落伍的诗家》表明，闻一多

[1] 张枣《朝向语言风景的危险旅行》，见《张枣随笔选》，2012，人民文学出版社，第 172 页。

[2] 见詹姆斯·芬顿《布莱克 / 奥登和詹姆斯 / 奥登》，见《读诗的艺术》，王敖译，南京大学出版社，2010，第 269 页。

[3] 《闻一多全集》12 卷，湖北人民出版社，1993，第 33 页。

还在推崇胡适、康白情的新诗观念，对新诗并无深切认知，但从1922年起，闻一多开始自觉构建新诗的历史方向，这源于两个动力，一是，对于革新以及领导中国文学的抱负，“余对于中国文学抱有使命，故急欲借杂志以实行之”。[1]二是，试图超越郭沫若的新诗模式，以领导一种文学之潮流，1922年9月1日在给梁实秋、吴景超的信中，闻一多写道：“《创造》颇有希望，但迩来复读《三叶集》，而知郭沫若与吾人之眼光终有分别，谓彼为主张极端唯美论者终不妥也。”[2]这两个动力并未在公开文章中清晰地表达出来，却是公开文章背后最重要的驱动力，将这两方面结合起来看，则更易于问题的理解。

私下信件或交流中，对《女神》的评论最重要一条是，在写给梁实秋、吴景超的信中，闻一多提到了《女神》的“缺陷”，这绝非无端的攻击，以今天的眼光来看，闻一多提出了一个非常重要的诗学问题，他说：“盖《女神》虽现天才，然其technique之粗簉篾以加矣。”[3]technique，指的乃是诗的技艺，实际上，这是新诗史上第一次以“技艺”作为标准来评价诗歌，正如卞之琳后来所证明的，技艺乃是理解新诗的一个核心问题。另外，我们看到闻一多曾私下区分过“诗的青年”与“诗的中年”，也涉及技艺问题，这种划分是通过朱自清的文章而为人们所知的：“闻一多先生说我们的新诗好像尽是些青年，也得有一些中年才好。冯先生这一集大概可以算是中年了。”[4]朱自清这里所举例的诗集是冯至的《十四行集》，是“技艺”成熟的典范，相对照，“诗的青年”乃是情绪的、抒发的、不节制的、直接的、苦闷与悲哀的。在《〈女神〉之时代精神》中，他是把《女神》认作“诗的青年”的，他认为，二十世纪的时代精神是悲哀与苦闷的笼罩，是预言着光明和新生的黑暗与死的移涌，是《女神》以雷霆的声响唱出了青年的苦闷与哀愁，闻一多因此说：“啊，现代的青年是血与泪的青年，是忏悔与兴奋的青年。《女神》是血与泪的诗，是忏悔与兴奋的诗……凤凰底涅槃是诗人与一切青年底涅槃。”[5]不难看出，“诗的青年”同时也带有时代精神的向度。

1941年11月25日，在写给臧克家的著名信件中，这些问题因为历史语境的急转而变得复杂，正所谓“救亡压倒启蒙”，时势在催促着诗人投入时代的洪流，所以“时代精神”此时也压倒了“技艺”，变成一组对峙的概念。

---

[1][2][3] 《闻一多全集》第12卷，湖北人民出版社，1993，第81页。

[4] 朱自清《诗与哲理》，《新诗杂话》广西师范大学出版社，2004，第17页。

[5] 《闻一多全集》第2卷，湖北人民出版社，1993，第115、116页。

你还口口声声随着别人人云亦云的说《死水》的作者只长于技巧。天呀，这冤从何诉起！……说郭沫若有火，而不说我有火，不说戴望舒、卞之琳是技巧专家而说我是，这样的颠倒黑白，人们说，你也说，那就让你们说去，我插什么嘴呢？[1]

朱英诞说："闻一多是新诗的工力派。"[2] 艾青赞美闻一多："打开闻一多的诗集，就像走进一家古董铺和珠宝店。他的一首二百多行的《剑匣》是用尽雕镂的技巧而琢磨成的景泰蓝似的作品。"[3] 卞之琳由衷钦佩闻一多的"炼丹式功夫"，他说："而以说话的调子，用口语来写干净利落、圆顺洗练的有规律诗行，则我们至今谁也还没能赶上闻、徐旧作，以至超出一步，这也不是事实吗？"[4] 三人所谈都是"技艺"之事，这也是闻一多《诗的格律》所倡导之事，或许因为别人将其与郭沫若比较而产生的否定感，使其急于辩护，全然否认自己的技巧，毫无疑问，其间是非曲直必须经过仔细分辨，而非表面看来那样清楚明白。

1926年发表的《诗的格律》显然是关于"技艺"的宣言，其内在的里路是以反传统的诗国"革命家"和主张"自我的表现"的浪漫派为论敌的，因为前者反对复古，主张西化，这是闻一多最为反对的，他带着强烈感情指责此种立场："你做诗摹仿十四行体是可以的，但是你得十二分小心，不要把它做得像律诗了。我真不知道律诗为什么这样可恶、这样卑贱！"[5] 而所谓的浪漫派对格律的反对，在闻一多看来是，"他们压根儿就没有注意到文艺的本身，他们的目的只在披露他们自己的原形。"[6]，闻一多将其斥责为"伪浪漫派"，予以驳斥。今天看来，这一内在理路才是理解这篇文章的关键，因为这一理路关系到新诗的基本原则问题。回想闻一多1923年6月10日在《创造周报》发表的文章《〈女神〉之地方色彩》，我们发现《诗的格律》其实暗含着对《女神》及其诗歌观念的批评。

[1] 《闻一多全集》第12卷，湖北人民出版社，1993，第381页。
[2] 废名 朱英诞《新诗讲稿》，陈均编订，北京大学出版社，2008，第262页。
[3] 艾青《爱国诗人闻一多》，《艾青全集》第三卷，花山文艺出版社，1991，第280页。
[4] 卞之琳《完成与开端：纪念闻一多八十生辰》，《文学评论》1979年第3期。
[5] 闻一多《诗的格律》，《闻一多全集》第2卷，湖北人民出版社，1993，第141页。
[6] 闻一多《诗的格律》，《闻一多全集》第2卷，湖北人民出版社，1993，第139页。

郭君是个不相信“做”诗的人；我也不相信没有得着诗的灵感者就可以从揉炼字句中作出好诗来。但郭君这种过于欧化的毛病也许就是不太“做”诗底结果。选择上创造艺术底程序中最紧要的一层手续，自然的不都是美的；美不是现成的。其实没有选择便没有艺术，因为那样便无以鉴别美丑了。[1]

闻一多这里谈到的“做诗”和“艺术”等概念皆属于“技艺”的范畴。那么将两篇文章对照来看，闻一多试图以“技艺”的立场修正郭沫若所代表的诗歌方向，这种修正立足于“新诗的格式”这样的总体性，集中于新诗格律这一具体问题，而开拓出了新诗的“内在的精神”这一向度。

四、技艺与智识的转化

事实上，由于诸多历史原因，《诗的格律》中有很多重要问题和概念没有得到充分展开与持续发展，但是通过与已经成型的诗歌观念比较，则可以获得更为准确和多面的理解，尤其是关于“技艺”的问题。1951 年，诗人戈特弗里德·贝恩发表了《抒情诗的难题》，这部演讲稿被誉为是“20 世纪中期的一篇《诗艺》”，关于这一点，胡戈·弗里德里希是这样评价的：“贝恩重新让技艺的概念获得尊敬，用这一概念标示出了经营风格与形式的意愿，这种意愿有其自己的真实性，且胜于内容的真实。”[2] 在这部演讲稿中，贝恩认为，“技艺”是现代诗的关键性特征，凡是表达的问题，都应囊括在这个概念之下，也正是通过这样一种创造性表达的寻求，现代诗在重新定义一种新的艺术形式。将《诗的格律》置于这一现代主义诗歌的历史脉络之中，才会发现闻一多以独有的理解抓住了现代诗最为核心的问题。

按照贝恩的定义，我们看到，闻一多关于“新诗的格式”的论述显露出他对“技艺”的根本把握：“新诗的格式是层出不穷的。……新诗的格式是根据内容的精神制造成的。……新诗的格式可以由我们自己的意匠来随时构造。”[3] 显然，“新

[1] 《闻一多全集》第 2 卷，湖北人民出版社，1993，第 123 页。

[2] 胡戈·弗里德里希《现代诗歌的结构：19 世纪中期至 20 世纪中期的抒情诗》，李双志译，译林出版社，2010，第 150 页。

[3] 闻一多《诗的格律》，《闻一多全集》第 2 卷，湖北人民出版社，1993，第 141、142 页。

诗的格式”是诗人通过“自己的意匠”、认知、体验与思考，基于“内容的精神”而完成的创造性活动，因而也必然是层出不穷的。正如亚里士多德所表述的，技艺是与创造性活动关联在一起的，有多少种技艺就有多少种创造性活动，因此技艺的获得绝非易事，往往和运气一样难求：“所有的技艺都使某种事物生成。学习一种技艺就是学习使一种可以存在也可以不存在的事物生成的方法。……在某种意义上，技艺与运气是相关于同样一些事物的。”[1] 在闻一多那里，这种创造性活动最终是为了实现诗的艺术性，他是坚信这一点的：“试问取消了 form，还有没有艺术？”[2]

1931 年发表的书信《论商籁体》，在这个意义上是另一篇重要的诗学文献，与闻一多其他的诗学文献一样，其诗歌观念虽未能得到充分系统阐述，但已抓住问题的本质。其中关于商籁体的描述，可以看作是“技艺”的具体展现。闻一多依据起承转合的构造，将商籁体表述为四个部分，关于这四个部分的关系，以及这四个部分依据何种精神整合在一起，闻一多的表述是：“大概‘起’‘承’容易办，‘转’‘合’最难，一篇的精神往往得靠一转一合。总之，一首理想的商籁体，应该是个三百六十度的圆形；最忌的是一条直线。”[3] 这个段落中所讲的，一转一合，“三百六十度的圆形”之理想，都是比喻性的说法，就如同卞之琳所说的“炼丹式功夫”一样，是很难以实证化的方式表述出来的，但精通诗歌技艺之道的人能够明白其中利害。之所以说这篇文献重要，是因为在这简单的表述之中闻一多说出了“技艺”最为紧要的部分，即技艺的秘密在于转化，也就是瓦雷里所说：“一首诗应该是一次智识的节日。”[4]

如何形成“三百六十度的圆形”，如何“一转一合”呢？这里面很重要的部分就是转化的问题。闻一多说到“做诗”的时候曾说过，美不是现成的，没有选择便没有艺术，实际上说的也是转化的问题，毫无疑问，选择意味着对经验的转换、词语的组合、音节的排列、意义的赋予等这些诗的构造因素给予“理智”的审视与历史的考量，而后把经验、情感、价值、当下与过去、未来融合一体并转换为

[1] 亚里士多德《尼各马可伦理学》，廖申白译注，商务印书馆，2003，第 171 页。

[2] 闻一多《诗的格律》，《闻一多全集》第 2 卷，湖北人民出版社，1993，第 140 页。

[3] 闻一多《谈商籁体》，《闻一多全集》第 2 卷，湖北人民出版社，1993，第 168 页。

[4] 转引自胡戈·弗里德里希《现代诗歌的结构：19 世纪中期至 20 世纪中期的抒情诗》，李双志译，译林出版社，2010，第 129 页。

独特的语调、有规律诗行的能力，如瓦雷里所强调的这是通过某种特殊的智识来完成的。本雅明在论述波德莱尔如何将震惊经验作为现代抒情诗的基础的时候，谈到了这种转化:“这是理智的一个最高成就：它能把事变转化为一个曾经体验过的瞬间。”[1] 可以说，这种转化是现代主义诗歌最核心部分，不精通这种转化的艺术，则无法真正理解现代诗的成诗过程。胡戈·弗里德里希通过对现代诗歌较为深入的考察，更为深刻地阐述了这一点:“必须看到，智识上的思考恰恰让语言在此时获得了抒情诗的胜利，即当语言征服了一种复杂的、梦幻般漂浮的材料时，将现代灵魂超常的敏感交付于阿波罗的明朗艺术理性，这是有意义的。”[2] 闻一多的《奇迹》一诗，正是这种艺术原则下的杰作，古典的意象“火齐”“桃花潭”“琵琶”“文豹”“婉娈”等被转化为现代的奇迹，此种转化的方式就是卞之琳所说的“炼丹式功夫”，依靠的是“综合的心智”[3]，是“中体西用”诗学观念所带来的古典与现代汇流的结果：

我要的本不是火齐的红，或半夜里
桃花潭水的黑，也不是琵琶的幽怨，
蔷薇的香，我不曾真心爱过文豹的矜严，
我要的婉娈也不是任何白鸽所有的。[4]

当代诗人多多对瓦雷里的说法极为推崇，他通过自己的写作经验，将这一“智识的节日”所包含的转化具体阐述为三个阶段:“第一就是先在，被赋予，给你了。第二个阶段——智性投入，那是毫无疑问的，要求你极高的审美眼光极好的批评能力极广泛的阅读视野，对知识的占有，你知道自己在哪里，你知道在做什么。第三个阶段就是一个整合，全部的完美的契合。第一个阶段记录，第二个阶段你

[1] 本雅明《论波德莱尔的几个母题》，《启迪》，张旭东 王斑译，生活·读书·新知三联书店，2008，第 175 页。

[2] 胡戈·弗里德里希《现代诗歌的结构：19 世纪中期至 20 世纪中期的抒情诗》，李双志译，译林出版社，2010，第 151 页。

[3] 关于这一概念的阐述，见张伟栋《新诗现代性品格的三个维度》，《北方论丛》2018 年第 1 期。

[4] 《闻一多全集》第 1 卷，湖北人民出版社，1993，第 260 页。

就在那搏斗吧，第三个阶段成了，合成，这个合成又是神奇的，由不得你。苦功也好悟性也好阅读也好，你要使出全身解数，每一首诗都要这样写。”[1] 如果将多多的“三阶段”论与闻一多的“选择”与“起承转合”的技艺之道相比较，两者的契合度是非常高的，都指向了现代诗最核心的“阿波罗”精神，这一精神向度可以在象征主义获得源头性的解释。那么，参照李欧梵的说法，如果将郭沫若诗歌中的历史意识与历史动力概括为“狄奥尼索主义”，那么闻一多则应被视为“阿波罗主义”，阿波罗代表了适度的自制和对粗野冲动的解脱，是造型之神，而狄奥尼索则是醉与迷狂的化身，致力于边界与原则的消除，这样的区分是在尼采的意义上作出的，但实际上这也是 20 世纪现代主义诗歌的两个方向，如胡戈·弗里德里希所界定的：“这两个方向是 19 世纪由兰波和马拉美所开创的。粗略地说，其中一个方向是形式自由的、非逻辑性的抒情诗，另一个方向是讲求智识的、形式严整的抒情诗。它们都在 1929 年被表述为诗歌纲领，而且是彼此针锋相对的。”[2] 这两个纲领分别由超现实主义者与象征主义者给出，前者将诗描述为“智识的崩溃”，后者则将其演绎为“智识的节日”。在新诗史上，这两个方向分别是郭沫若与闻一多所开创的，但是伴随着 1949 年之后《女神》经典化地位越来越高[3]，闻一多作为新诗的开端者的形象被遮蔽了。

总之，“技艺”背后的真正驱动力是诗歌意识与历史意识，在闻一多那里则显示为其与传统的创造性关联，其实早在波德莱尔那里，这种“传统”观念就在现代性的名义下被表述过，按照卡林内斯库的总结：“波德莱尔认为，（美学上）从过去幸存的东西就是诸多连续的现代性的表现，它们中的每一个都是独特的，并因此有其特有的艺术表现形式。……因而，现代性可以被定义为一种悖论式的可能性，即通过处于最具体的当下和现时性中的历史性意识走出来的历史之流。”[4] 也就是说，绕开传统而试图开创一种崭新的文学形式是无法想象的，而这一切，是闻一多之前的胡适和郭沫若不能够理解的，因而在这个意义上，闻

[1] 《我的大学就是田野——多多访谈录》，见《多多诗选》，第 279 页，花城出版社，2005。

[2] 胡戈·弗里德里希《现代诗歌的结构：19 世纪中期至 20 世纪中期的抒情诗》，李双志译，译林出版社，2010，第 129 页。

[3] 关于新中国成立后对《女神》经典化过程的讨论，见咸立强《建国后〈女神〉的文学史阐释与现代新诗发展脉络的重构》，《海南师范大学学报·社会科学版》，2018 年第 6 期。

[4] 马泰·卡林内斯库《现代性的五副面孔》，李瑞华译，译林出版社，2015，第 51 页。

一多的《死水》，也开启了新诗的最重要的篇章，而这种重要性还未获得充分的说明。

（选自于《文艺争鸣》2020 年第 3 期）

物·我·语言

——读蒋浩《山中一夜》

/ 西渡

自然是中国古典诗歌中最重要的题材和主题。中国最早的两部诗歌总集《诗经》《楚辞》，即多涉自然的因素；到六朝，山水诗从其他诗歌题材中独立出来，自然成为诗歌单独处理的对象；到唐人笔下，诗歌处理自然的手段便达到了圆熟的程度。在《诗经》中，自然作为人的活动的环境出现；在六朝，它成为一个特殊的审美对象得到关注和省思；到唐人手中，自然成了心灵的对应物。[1] 在最典型也最圆熟的王维的诗中，自然完美地映射着诗人的自我意识。《鹿柴》一首可做代表："空山不见人，但闻人语响。返景入深林，复照青苔上。"在这里，自我的意识以无我的方式出现，有通过空的方式呈现。当然，并非巧合的是，无（空）、无我也是中国哲学的核心命题。在王维的二十个字中，哲学和诗得到了最高程度的融合，这种结合使得这首诗成了中国心灵和中国精神的代表，引起了西方诗人、翻译家和批评家的广泛注意。"空山"某一程度上就成了中国精神的象征。德国汉学家顾彬研究中国文人自然观的著作在德文中就题为"空山"。最近译为中文的《观看王维的十九种方式》（艾略特·温伯格）会集了王维这首诗的将近三十种译本。这首诗从汉语到西语再返回汉语的过程，也可看作一种奇特的诗和语言的"返景"。[2]

西方自然意识的发展要晚得多。顾彬的看法是："在西方，自然当作风景，

[1] 参见顾彬《中国文人的自然观》，马树德译，上海人民出版社 1990 年出版。

[2] 《观看王维的十九种方式》，（美）艾略特·温伯格著，光哲译，商务印书馆 2019 年出版。

就是说当作被单独注意、感受到的部分，在绘画中，直到十七世纪（荷兰），而在文学中，直到十八世纪才确定下来。”诺伯特·麦克伦布克认为，自然“被当作风景，当作整体的自然”，“自十八世纪起才出现于欧洲的抒情诗中”。这样的作为的整体的自然在欧洲“纯然是市民阶层文化思想的产物。它源于城市的生活方式及由此而形成的对‘自然’的渴望”。它是近代市民眼中的自然，表现着他们“对社会制约的反应而产生出来的内心世界”。[1]这个近代市民的内心世界与其说与自然处于和谐的关系，毋宁说处于冲突的关系。也就是说，在欧洲文学中，自然是作为人的对立面出现的，与中国诗中的情形正好相反；近代欧洲的自然诗中处处充满了“我”的欲望和意识的投射，与中国诗中无我、空的情形也极为不同；最后，这个自然实际上并不自然，它是制造的、人工的，这种制造实际上是人的意识特别是工业文明的意识对自然的侵入，而中国诗中的自然却是自我呈现的，其前提是人的退出，人的“物化”（庄子语）。

蒋浩这首诗也处理自然的主题，而且它所处理的对象正是王维曾经处理的：“空山”。带着上述中西方诗人处理自然主题的背景知识，我们再来读蒋浩这首诗，观察它处理自然题材的手段，我们也许会有一些有趣的发现：

风在狭长过道里徘徊，
像水桶碰触着井壁。

第一行出现了“风”。“风”是中国自然文学中一个非常关键的词，“风景”“风物”“风光”“风日”这些在意义上与自然密切关联的词语都以“风”打头。但是，蒋浩写的是“风在过道里徘徊”。“过道”属于建筑的一部分，是人工的产物。风受到了人工的建筑的制约，它只能在过道里“徘徊”。这首诗的标题是“山中一夜”，如果我们期望它像王维的诗那样写出一个无我的空山、一个纯粹的自然，那么，这第一行就使我们的愿望落空了。诗人接下来说，风在过道里徘徊的动作“像水桶碰触着井壁”。这里出现了第二个和第三个人工制物：“水桶”“井壁”。“水桶”是纯粹人工的造物，井壁则是人为了控制和驭使自然的构筑物，但自然对井壁也有某种持续的影响，使它不完全是人工的。“水桶碰触井壁”，有试探的

[1] 参见顾彬《中国文人的自然观》引言，马树德译，上海人民出版社1990年版，第1、2页。

意味，也有某种亲密的意味，还有疏离的意味。“碰壁”意味着被拒绝，无法深入。透过这两行诗，我们看到人工的造物已经全面渗透或侵入了自然。王维诗中那种自我表现、自我完全，空无、澄明而又充满生机的自然已经不存在。接下来是这样几行：

她说她来取我从海边带来的礼物：
装在拉杆箱里的一截波浪，
像焗过的假发。
她要把它戴上山顶，植进山脊，种满山坡。

在这几行诗里，“风”被称为“她”。这个人称的出现，改变了人和自然的关系，解除了前一行诗刚刚造成的那种疏离感，在“她”和“我”之间产生了一种默契和交流：“她来取我从海边带来的礼物”。下面两行是一个奇怪的比喻：“装在拉杆箱里的一截波浪，像焗过的假发。”风向我索取礼物，这个礼物是一截波浪。这不符合日常生活的逻辑，却符合语言的逻辑，当然它是诗的语言的逻辑。在汉语中，“风浪”是一个固定的搭配，它是一桩语言学的婚姻；“无风不起浪”，“风”没有“浪”定要感到孤单。所以，“风”向一个海边来的客人索要“浪”符合语言的逻辑。而且，山里的“风”因为常年与“浪”失散，对于与“浪”的结合也会有格外强烈的愿望。“像焗过的假发”：波浪和假发在一般意义上并无相似之处，但它们有一种纯形式的、平面几何意义上相似性。这种相似性并非蒋浩第一次发现，但我们一般用波浪来比喻发型，我们把天然的或人工的卷发比喻成波浪。这是因为波浪是常见的，而卷发在汉人的日常中并不常见。但蒋浩把喻体和本体倒了过来——用不太常见的假发来比喻波浪。为什么是“焗过的”？因为假发被“焗过”，它和波浪在形状上更相似，还拥有了波浪的湿。波浪被装在拉杆箱里，按之常情，不可能，办不到——除非装在塑料袋或其他容器里，但诗人并没这样说。它之所以成立，也是在诗的语言逻辑的前提下。这个逻辑是，波浪像假发，假发可以装在拉杆箱里，所以波浪也可以装在拉杆箱里。这在生活经验中，是理性的混乱，但在诗的经验中，是感觉的敞开。在这个比喻里，我们再次看到自然的人工化。接下来，我们看到另一个语言学的行动：“她要把它戴上山顶，植进山脊，种满山坡”。一个人要把“波浪”戴上山顶，植进山脊，种满山坡是荒唐的；“波浪”

在上述任何一种方式中都不可能保全。但是，诗借助上述诗的语言学逻辑把不可能变成了可能。波浪像假发，所以它可以戴上山顶，也可以像植发、种发一样，“植进山脊”“种满山坡”。这些全都是诗学、文本学意义上的事件。无论是中国和西方的古典诗歌，自然诗处理的都是“物”和“我”的关系。但蒋浩在处理这一主题时却同时关注三个东西：物、我和语言。语言在这首诗里成为推动诗思发展的一个重要力量。我们接下来看下面的两行：

窗外一片漆黑，也有风
一遍遍数落着长不高的灌木。

这几行写窗外的风。与过道里徘徊的风相比，窗外的风更接近自然的状态；而且窗外一片漆黑，人工的痕迹即使有，也被遮盖了。但是这窗外的风也是属人的，她“一遍遍数落着长不高的灌木”。她和向我索要波浪的风看来确实是亲姐妹，只是她的年龄可能大一点，所以不会向客人索要礼物，但是——她数落“长不高的灌木”。“长不高的灌木”也是对山中环境的一种交待。显然，这不是一座降雨丰沛、植被茂盛的山，而是环境比较恶劣的，也许是北方荒凉的大山。这个交待既呼应了过道里的风向“我”索要波浪的情节，也预示了下文对山石的描写。从以上对风的描写中，我们可以看到诗人处理自然的方式与王维代表的中国古典诗人迥异。蒋浩笔下的自然不仅处处渗透人工，而且本身就是人工的制造，是诗人的造物。从这个角度说，它甚至是反自然的，接近于西方诗歌的处理方式。下面几行写到了山石：

偶尔落下的山石，
像水桶里溅出的水滴，
又被注射进乱石丛生的谷底。

这几行从风过渡到山石。这个过渡非常自然。山石落下，是风数落的结果。灌木的脸皮比较厚，对风的数落爱答不理，山石却羞愧得滚落了。这些山石一直落到谷底，呼应了前两行“长不大的灌木”的描写。如果植被丰茂，山石难以滚落，即便滚落，也到不了谷底。“像水桶里溅出的水滴”还呼应了第二行的“水桶”。

这里我们再次看到语言学的逻辑所起的作用。在这首诗里，作为喻体出现的事物，在文本的推进中，很快转换成了具有繁衍功能的本体。“波浪 / 假发”被装进拉杆箱，被种到山里，“风 / 水桶”溅出了水滴，“水滴 / 山石”“被注射进乱石丛生的谷底”。说石头注射进谷底，几乎不成话；但是经过“像水桶里溅出的水滴”这个比喻的转换和搭接，落下的山石确乎可以像药滴一样被注射。这几行诗很生动地写出了深夜山中的安静气氛。这种安静是通过山石的动写出来的。显然，在一片漆黑中，“我”无法看到山石的滚落，而只能靠听觉去感知；而要听得到山石滚落的声音，需要极为安静的环境，也需要山石的滚落足够远，足够深。接下来，诗人的笔顺着滚落的山石伸到了谷底：

那里的昆虫舔着逼仄的星空，
怎样的风才能把浅斟低吟变成巍峨的道德律？

“那里的昆虫舔着逼仄的星空”，是很美妙，也很精确的一行诗。昆虫看到、感觉到的星空是逼仄的，因为它们处于乱石丛中，是缝中观天。下一行回到对风的描写。但这个风是未出场的，是“我”的愿望。“浅斟低吟”当然是昆虫的歌吟。“我”不满这些处于逼仄石缝中的小东西自我中心的“浅斟低吟”，而呼唤一种“巍峨的道德律”。“道德律”跟“星空”有关，是对康德金句的暗引：“有两样东西，人们对之凝思愈久，内心便愈生常新而日增的惊奇和敬畏：我头顶的星空和我心中的道德律。”[1]“道德律”为什么是巍峨的？这个巍峨也是由语境所生：山把它的巍峨借给了道德律。在这首诗的语境中，“巍峨”决然是最贴切的选择，比“崇高”“庄严”“伟大”哪个都更贴切，因为它是从语境生成。“我”面对星空，对想象中的虫子们的浅斟低吟感到不屑，从而要求一种与星空、大山相称的巍峨的道德律。至此，我们应该看得出“我”已被滚落的山石所吸引，从室内来到了室外，而面对着星空。下面几行继续写山：

山更巍峨了，仿佛比白天多出一座，
相隔得如此之近，

[1] 康德《实践理性批判》，邓晓芒译，人民出版社 2003 年版，第 220 页。文字略有改动。

窗像削壁上用额头碰出的一个个脚印。

这几行诗看起来不经意，实则笔力千钧，让人想起老杜的沉郁顿挫。“山更巍峨了”，“巍峨”回到了本尊。为什么夜间的山比白天更巍峨？因为星空。星空让夜间的山有了一个宇宙的深邃的背景：山向着星空的伸展仿佛把自己推向宇宙的深处。形容这种增长的巍峨，诗人只用了轻描淡写的一句，“仿佛比白天多出一座”，但一下子就把大山压顶——挟持着星空和整个宇宙——的那种气势、那种震撼感觉传达出来了，让我们如临其境。下面两行，“我”从星空收回了目光，回到“我”在山中的居所。“我”首先感到了山的挤压。“相隔得如此之近”，可见山中空间的逼仄，建筑和岩壁几乎紧挨着。“窗像削壁上用额头碰出的一个个脚印”：这个比喻有点怪，有点绕，但表达的效果很生动。“窗像削壁上……”意味着把建筑比喻成削壁，是对上一行“相隔得如此之近”的进一步说明。岩壁和墙壁既对峙又并立。从人的感觉讲，岩壁是对墙壁的挤压、对峙；从它们本身讲，则是亲密地并立。从整句讲，窗的喻体是脚印，“窗像……一个个脚印”。有灯光或没有灯光透出的窗，从山的视角讲，处于低处，所以它们是“一个个脚印”；但从建筑本身讲，窗却是在高处，处于额头的位置。这行诗结合了山和建筑两方面的视角，所以成就了这样奇特的一句：“窗像削壁上用额头碰出的一个个脚印”。这种视角的重叠和交错，当然不是中国古典诗的趣味，也不是西方传统诗的趣味，而是现代性的趣味。这种趣味首先把诗看成一种制作，处处透露着制作的人工味，但也自有其美妙和惊人之处。面对这样的诗行，我们赞叹的不是自然的神功、伟大，而是人的心思的巧妙、曲折、幽微。下面是全诗最后两行：

墙上的裂纹，是波浪走过的路，
罅隙里长出了野蒺藜。

这两行从墙上的窗进一步关注到墙上的裂纹，诗思紧密衔接上一行。雨水剥蚀是造成建筑裂纹的主要原因，但诗人的说法远为曲折。他说：墙上的裂纹，是波浪走过的路。这当然是刻意的，但也耐人寻思。这一行诗同时回顾了这首诗的开头：“风在狭长过道里徘徊，/像水桶碰触着井壁。”至此，我们明白了风为什么要在过道里徘徊，还要不断触碰墙壁：因为墙上有波浪走过的路。它是在墙上访问故人的遗迹呢。当然，我们也同时明白了过道的墙壁为什么仿佛井壁了。这一回顾让这首诗在结构上非常圆满。实际上，这首诗的内部处处充满了这种词语、句子、细节之间的回顾、照应，作者构思的缜密、行文针脚的细密，都可由此见出。一般说，旧诗的一行像一扇屏风，几扇屏风并置而完成一个平行的诗意空间。新诗则像织物，处处相连，处处呼应，其最终构造的诗意空间则是立体的。接下来是最后一行："罅隙里长出了野蒺藜"。墙上的裂纹中居然长出了野蒺藜，可见这山上的建筑有年头了，也缺少必要的照料。但这种少人照料的状况和荒凉的大山却正相得。通过这样的细节，诗人暗示了他所写的正是一座空山，然而却明显有别于王维的空山。王维的诗可以说是通过空写出了有，通过无人写出了人；蒋浩的方法正好相反，他是通过有去写空，通过人写出无人，写出荒寂。在王维的空山中，仍然是有光的，虽然是夕光，却终究予人温暖；蒋浩的空山中也有光——星光，给予人的感觉却是陡峭、冷峻，终篇之际，生出的是一种强烈的空无、荒寂之感。事实上，现代的自然终究是难以予人足够的安慰了——因为人已经预知这种安慰的虚妄。

相较于旧诗在处理自然对象时所用的一般方法，蒋浩的方法有两点不同。一是旧诗强调"忘我"，蒋浩却有意强调"我"的存在，而且处处把"自然"拟人化（这当然是"以我观物"）。风索取，风也数落，风浅斟低吟，风也道德律，这些都是典型的拟人修辞。诗在"我"与"风"的对话中展开。"风"向"我"索取的礼物是"装在拉杆箱里的一截波浪"。显然，这行诗里收纳了"我"的个人经验。这里的"我"不是一个无主体的、一意追求忘我的"我"，而是一个具体的、带着个人印记的、特殊的"这一个"——他是一个来自海边、拉着拉杆箱、刚刚抵达山中的客人。这个"我"不但不以忘我为意，还不断把自己的印记打在外界的物上。诗中的比喻成为"我"和"物"沟通的桥梁。这些比喻遵从了现代诗"从远取譬"的原则，而不同于古典诗歌的"相似"原则。对于旧诗与新诗在比喻趣味上的不同，奚密有一个说明："传统诗学中的比喻，是两个本质上相同事物之间的联系，而现代汉诗中的隐喻凸显的是事物之间的不同、差距、张力。"[1]"从远取譬"沟通了相距遥远的事物，是量

[1] 奚密《现代汉诗：1917 年以来的理论与实践》，奚密、宋炳辉译，上海三联 2008 年版，87 页。

子纠缠原理的诗学发明。无论是用“水桶触碰着井壁”比喻风在过道里徘徊，还是用“焗过的假发”比喻波浪，抑或用“额头碰出的一个个脚印”比喻窗户，用“波浪走过的路”比喻“墙上的裂纹”，都带着“我”个人生活的经验（一个在乡村成长、生活在都市的诗人物理的和心理的私人经验）。这种“物我交融”改变了古典诗歌“以物观物”的视觉呈现，从而使外界的物也具有了心理的深度。

二是语言作为另一种重要的力量参与了这首诗的生成。可以说，没有语言本身的参与，根本就不会有我们眼前这首诗。这种语言对诗的生成的参与在旧诗中极为罕见，即使偶尔有之，也不是自觉的。前文我们已经分析了几个显著的例子：波浪被“装在拉杆箱里”，风声称要把波浪“戴上山顶，植进山脊，种满山坡”；“偶尔落下的山石，/像水桶里溅出的水滴，/又被注射进乱石丛生的谷底”；“怎样的风才能把浅斟低吟变成巍峨的道德律？”如此生成的诗歌形象，明显不同于古典诗歌中主要指向外界物象的“意象”。诗歌批评家李心释建议用“语象”来专指此类依赖语言的自主生成能力所形成的诗歌形象，以别于传统的“意象”。[1]这种区分指示了当代诗歌在写作方法论上的一个重要进展，同时也指示了当代诗歌与古典诗歌在审美意趣上的重要差别。如果说古典诗歌主要是一种基于空间想象、以物象为中心的瞬间截面，那么当代诗歌更近于一种以时间想象为经，以物、我、语言为纬，所结构的一种严密的织物。

以上我们强调了这首诗与古典诗歌的区分。那么，果然当代诗歌与古典诗歌绝无相通，或者两者真的井水不犯河水了吗？答案显然不那么简单。就这首诗而言，如果诗人心中不曾装着一座古典诗歌中的“空山”——那座陶渊明、王维、孟浩然等历代诗人高手，以及司空图、严羽、王士禛、王国维等批评家共同营造的“空山”——就不会有属于蒋浩的这个神秘的“山中一夜”。这首诗虽然处处有我，但最终所达到的境界却正是古典诗人和诗歌批评家念兹在兹的“无我之境”。这是一首向伟大的自然致敬的诗，也是一首向伟大的汉语致敬的诗——而汉语中就有历代诗人的伟大创造——那么，它也是一首向伟大的古典诗歌致敬的诗。在这里，古典美学和现代美学最终获得了谅解，正如山间墙上的裂纹原来

[1] 参见李心释《语象与意象：诗歌的符号学阐释分野》，《文艺理论研究》，2014 年第 3 期。

就是波浪走过的路，山原来也就是海，当代诗歌也就是古典诗歌——在某种最高的人文境界上。

2020 年 8 月

附：

山中一夜

蒋浩

风在狭长过道里徘徊，
像水桶碰触着井壁。
她说她来取我从海边带来的礼物：
装在拉杆箱里的一截波浪，
像焗过的假发。
她要把它戴上山顶，植进山脊，种满山坡。
窗外一片漆黑，也有风
一遍遍数落着长不高的灌木。
偶尔落下的山石，
像水桶里溅出的水滴，
又被注射进乱石丛生的谷底。
那里的昆虫舔着逼仄的星空，
怎样的风才能把浅斟低吟变成巍峨的道德律？
山更巍峨了，仿佛比白天多出一座，
相隔得如此之近，
窗像削壁上用额头碰出的一个个脚印。
墙上的裂纹，是波浪走过的路，
罅隙里长出了野蒺藜。

（选自《夏季风》2020 年第二卷，长江文艺出版社，2021 年 1 月出版）

当代诗：物的追问

/ 王子瓜

一、拉帕德的问题

1881 年 6 月，梵高早年的画家朋友拉帕德来拜访梵高，小住的十多天里他们常一起去乡间写生，画了许多同样主题甚至同样视角的画。《梵高传》（译林出版社，2015）一书中特别展示了其中的两幅，画的都是巴塞瓦特沼泽地的风景，池塘中的芦苇、远处的萨比小镇、天上的流云……可是这些同样的场景在两位画家的手下却是如此不同。这主要倒还不是风格的问题。拉帕德的画叫作《萨比附近的巴塞瓦特（萨比附近的风景）》，是一幅优美的风景画，画面下半部分是沼泽的近景，芦苇丛虽然不算稀疏，但也绝称不上繁密。在第一眼轻微的杂乱感之后你会发觉，这丛芦苇的苇秆基本都是竖直向上生长的，间距排列规律，叶子大都朝右上方倾斜——有一种威严的秩序存在其中，仿佛一切都经过了一只手的精密安排。画面的上半部分是远处的小镇，比起轻描淡写的沼泽地，尽管占据的空间不多，小镇的笔触却更加浓重，屋舍、教堂、小树林的剪影清晰地一字排列在地平线上，成为这幅画的中心，上方则是了无痕迹的白云。

那个时候梵高还远未成名，他的画也尚未完全形成自己后来的风格。那段时间他对拉帕德不无崇拜之心，“渴望学会这位朋友温文尔雅的艺术风格”“对拉帕德用铅笔和钢笔所画的树木、远景和风景图饰赞赏不已，认为它们‘非常巧妙和迷人’”。可是有意思的是，尽管有“温文尔雅”的意图，梵高的这幅画最终还是出卖了他自己，也为我们展现了处理同一题材时大师和二流画家的区别。梵高这幅画是《睡莲沼泽》。这绝不是一幅优美的画，和拉帕德相反，越是看这幅画，你越觉得它凌乱。首先是画面的布局，占据拉帕德画作中心位置的萨比小镇，在梵高这里被挤压为一条线，搁置在靠近画面上边框的位置，上下分别拥挤着饱满的云和密集的田野。画布剩下的大部分空间，都被梵高留给了沼泽地。芦苇从疏密不一,四处散落，一只鸟低低飞过，其间间杂着许多不知名的植物。尤其是形态各异的睡莲，在近景中格外夺目，层叠着铺满了画面的左下部分，而远景中它们是一些大大小小的圆圈、斑点。由近及远你会发现，它们的数量在梵高画中并不比芦苇少。

当然，我们可以从风格上去看二人之间的差异。但我更感兴趣的其实是一个更为基本的问题：为什么拉帕德没有看见这些睡莲？

二、作为景观与他者的物

拉帕德的问题，同样是我们的诗歌所面临的一个基本问题。甚至，这是一个相当幼稚的问题，因为新诗在其诞生之际就已经追问它了。新诗诞生的内在动因，正是古典诗词对世界的漠视，对事物的视而不见。可是，如今对这一问题的觉察，依旧没能成为一种深入到写作中的广泛共识。如今诗人们写海洋，依然是海浪、海鸟、渔夫、大海的美丽和残酷、大海的奥秘——无数的诗歌早已写过的东西。2019 年，在一次涉及“海洋”主题的诗歌研讨会上，我没有听到一位诗人提起海鸟腹中的塑料垃圾，渔夫的手机，轮船上的电子仪器，货舱中的货物，那记录着原材料产地、工厂和经销商名称的商品吊牌——那在南亚某个童工与一位此时刚收到生日礼物的北美小学生之间汹涌着的大海。为什么我们没有看到？

现代世界最重要的特征，就是它不再是一个新鲜的世界，而是一个积攒着巨量既成经验的世界,没有人可以回避它们而生存。单纯的“自然”已经分毫不剩了，博尔赫斯的短诗《月亮》觉察到这一点:“那月亮不是先人亚当 / 望见的月亮。在漫长的岁月里 / 守夜的人们已用古老的悲哀 / 将她填满。”如今我们所看到的风景，都首先是一种“景观”。我挪用居伊·德波的概念，是为了说明风景不仅像拉帕德所看到的那样，是一种观念的衍生，控制着世界对人的显现。它还同资本隐秘地纠缠在一起，使人成为景观自我生产的一个部件——正如德波在《景观社会》中为我们揭示的那样。坐在巴塞瓦特沼泽边上，眼前之所见对于拉帕德——一个贵族、美术学院的高才生、小有名气的青年艺术家——来说，仅仅就是这样一种景观，和其他沼泽地、其他小镇之间没有本质的区别。拉帕德太熟悉怎么画“风景画”了，在观看之前，一套既定的方法已经决定了他的视野和观看方式。他的观看受限于一种体系化、制度化的视觉体制，他的画作是这一视觉体制的自我生产。那些不适合他的手法的东西、不协调的形状和色彩、不“优美”的姿势，注定要被他的眼睛无视。如今，我们每个人首先都是拉帕德，而诗人的基本任务，就是从拉帕德的视野中走出来，努力去看见他此前所不能看到的东西。

除了物的景观化以外，还存在另外一种困难。本雅明在阐释列斯克夫的小说时，曾引到一段来自列氏小说《绿宝石》的片段，诗意地揭示了现代世界物与人的分裂：

> 此故事把读者引进“一个古老的时代。那时，地球腹中的石头和高悬的神圣星辰仍然关怀人的命运。不像今天，天地不仁，万事万物对人子的遭际皆漠然置之。万籁俱寂，无有与人晤谈之声，更遑论听从人之颐指。未发现的星体已没有一个能在占星术中起作用。还有许许多多新石块，都测量过、磅秤过，其特别的重量、密度检验过，但石块不再向我们诉说什么，也不带给我们什么好处。它们跟人交谈的时日已一去不返了”。（本雅明:《讲故事的人》）

卢卡奇在《小说理论》中对希腊世界与现代世界的描述，同本雅明想要诉说的问题在这里重叠起来，他们所关心的都是现代世界本质上成为异己的他者，主体因此失去了对世界的把握。这是现代性问题诸面相之中最为深刻的一面。居伊·德波有一个更具体一点的说法，大致是讲，在文明从古典世界进入资本世界再进入后资本世界的过程中，事物之于人的关系经历了两次降级，从“存在”滑向了“拥有”，又滑向了“显现”。不过，卢卡奇与本雅明都不对诗歌抱有希望，在他们看来，能够担当这一任务的无疑是小说。即便是波德莱尔，在本雅明的论述中，也至多是一位抛出了问题的人，而远非解决问题的人。

不过，值得注意的是，本雅明在将巴尔扎克和波德莱尔相比较的时候，也认定“观察事物的新方式在一个抒情诗人身上远比在一个小说家身上体现得丰富多样”（本雅明:《发达资本主义时代的抒情诗人》）。或许这正是诗人有别于小说家，而能够重新获得世界的隐秘路径？不论如何，在这条“英雄归乡”的道路上，新诗的诗人们早已启程了。

三、关于胡适的《蝴蝶》

中国新诗启自胡适的《蝴蝶》，可以说意味深长。一开始的时候，胡适的论敌如学衡派诸君还大多在古典文学阵营中，而随着新诗逐渐被认可，越来越多的新诗作者和新诗的支持者们，如闻一多、梁实秋、成仿吾以及一众赞赏郭沫若的先生们，也都开始反对胡适了。到废名开始在北大讲新诗，时间已是1930年代，《尝试集》已经饱受争议，在这样的背景下，废名对胡适的评价颇有些力排众议的味道。根据其讲义整理出版的《谈新诗》中，影响最大的当然是他关于新诗旧诗之辨的讨论，即他所说的新诗虽用“散文的文字”但有“诗的内容”，旧诗虽用“诗的文字”但写的却是“散文的内容”。有趣的是，这一观点恰恰暗合了胡适的反对者们的想法。梁实秋回忆闻一多对胡适的批评，正是“白话诗必须先是‘诗’，至于白话不白话倒是次要问题”（梁实秋：《谈闻一多》）。而废名自己对胡适的看法，反而是认为胡适的诗具备了他所说的“诗的内容”。从相似的立场出发，对同一文本的理解却截然相反。这显然要归于他们对“诗”的理解不同，而在我看来，还是废名的看法更有道理。

废名讲稿开篇就谈胡适的《蝴蝶》，但他不是直接去谈这首诗好在哪里，而是举了《天净沙·秋思》等旧诗，从反面去讲为什么“枯藤老树昏鸦”之类的诗句不好，他认为这首“元人小令”“正同一般国画家的山水画一样，是模仿的，没有作者的个性，除了调子而外，我却是看不出好处来”。而《蝴蝶》的写作却遵从着另外一种逻辑：“作者因了蝴蝶飞，把他的诗的情绪触动起来了，在这一刻以前，他是没有料到他要写这一首诗的，等到他觉得他有一首诗要写，这首诗便不写亦已成功了，因为这个诗的情绪已自己完成，这样便是我所谓诗的内容。”

之所以认同废名，是因为我觉得他的看法中包含着一个决定性的诗歌意识，那就是对“意象”与“物”进行区分。“枯藤老树昏鸦”之所以只是一种“调子”，是“模仿”，是因为这几个词仅仅是一种意象，是借取的观念，而不是具体的事物。正如西渡指出的那样，“‘意象’不是形象，而是形象的概念，与‘意象’相联系的不是具体的物，而是对于物的观念（意义）。所以，‘意象’不是一种具体的写法，而是一种间接的写法……唐以后……‘意’完全把‘物’遮蔽了”（西渡：《2009诗学札记》）。而废名强调的《蝴蝶》的即时性，事实上指向的正是诗人与具体之“物”

短兵相接的现实感。

意象，在我看来，和拉帕德所看到的风景一样，都是一种景观。将物视为意象的写作者、批评者所看到的只有诗歌作为文本的层面，无法看见诗歌作为写作 / 认知活动的层面。在有关意象的批评话语中，人们总是说“对意象的运用 / 使用”，这样的句法暗示了在写作之前意象已然存在或形成，写作被暗示为从既有的诸多意象中拿取、组合，诗人与读者遵循着一套早已固定的意象—象征体系。意象即意中之象，意象早已经历过因而不再需要重新经历从“物”进入精神的过程，它本身已是精神性的，是一般的、抽象的。因此，在风云突变的 20 世纪初，物在诗歌中的重现成为一种必然——既有的“意象—象征”体系开始失效了，出现了大量从未进入过精神中的物，同时既成的意象也因此需要进行结构性的调整，这就是为什么现代乃至当代的汉语新诗表现为一种直面物而不再是意象的精神活动，在物不息的更新进程中，精神必须经历对陌生的物的艰难把握。因此，相对于“意象—象征”的话语体系，新的研究必须换位到“物 / 精神”“客体 / 主体”的框架下。

在《蝴蝶》之后，中国新诗在其发轫阶段出现了一批以“物”为书写对象的作品，如鲁迅的散文诗《雪》、徐玉诺的《海鸥》、冰心的《纸船》、闻一多的《死水》、徐志摩的《黄鹂》、冯至的《十四行集（二十七）》、戴望舒的《乐园鸟》、艾青的《牝牛》、卞之琳的《圆宝盒》、何其芳的《关山月》、穆旦的《旗》、郑敏的《金黄的稻束》等。它们聚焦于具体、个别的事物，展示着主体如何踉跄着触摸日新月异的世界。在这个意义上来看，《蝴蝶》为中国诗歌引入的这种直面物的精神，是怎样估量都不为过的。即便对诗歌理解之深如张枣，也忽略了这一点。没有这种重新认识世界的意识和努力，新诗的现代性又从何说起呢？

四、物的追问

现在，我们已经大体上提及了诗歌的两个方面，观看 / 认知与物 / 对象。这种对物的认知冲动，是中国新诗的第一次胎动，从《蝴蝶》的“不知为什么”开始，新诗就走上了追问不休的旅程。首先得到追问的是“蝴蝶”“雪”“水”“鸟”“月”等久远的事物，渐渐的，诗人们也向“火车”“电灯”，乃至“X 光线”（郭沫若）、“电子”（穆旦）伸出了把握之手，而对于同类事物，每一次重新书写，都是在试图刷新认知的方式与事物的复杂性。此中的艰辛，或许只有勤勉的诗人才明了。直到今天，对物的追问仍然是许多诗人写作的基本形态，在臧棣、宋琳、胡弦、陈先发、朱朱等人的诗歌中，我们都可以清晰地看到这一追问。

我一直觉得胡弦的《夹在书里的一片树叶》是一个十分难得的模型，不仅是因为这首诗在写法上挑战着某种极限，足以帮助我们理解诗歌究竟是如何追问着物，更因为它的主题构成了对新诗史上一类母题的回应，观察这一母题中的序列我们能够看到汉语新诗的进展。

整体上看，这首诗大致上完成了四个层面的工作。首先是作为书签的树叶之物性的层面，诗歌首先去体认的即是它的轻、它对书的分割、它被挤压的脉络、它不规则的边缘、它的干燥、它细长的柄……在这片树叶的每处细节上，诗人试图穷尽它的意义，以使树叶的整体获得完美的崭新形式；第二个层面涉及书的物性：合拢时书内部物理意义上的黑暗，书所承载的文字及其内容，书签对这些内容的隔断。因其与语言文字的紧密联系，书特殊的物性使自身直接指向了人的精神；第三个层面是由书引来的对人的理解：隐秘的声音、黑暗、省察、难以概括的一生、过去、悬念、大笑、自认为真理的某个讲述。经由细节的连接，书与人二者渐渐融合在一起；第四个层面是对翻开书的瞬间的呈现，历经前三个层面的铺垫，在书被翻开的一瞬间，树叶、书、人，三者之间的戏剧才终于得以展开，诗人从夹在书中的树叶这一神秘形式中所获得的启示才得以被我们听到。对于书 / 人来说，翻开时瞬间的光亮并不能透露多少真实的秘密，某一页被翻开只是偶然，闭合、晦暗才是它的本质，只有那片始终根植于书 / 人之黑暗中的树叶才能够体会书 / 人那“存在，却始终无法被讲述的整体”。人对树叶 / 物的追问，最终指向了树叶 / 物对人的理解，树叶 / 物成为精神的见证者。

从胡弦的这首诗中我们看到，诗对物的追问，并非追问物究竟是什么——海德格尔的追问，而是追问在某一特定时空形式下，特定之物对于主体和世界来说意味着什么。萨特曾在一项关于蓬热的研究中，更极端地表达过类似的意思：“物居住在他那里已经年历岁，物居有着他，物似的衣般覆盖住了他记忆的基底，物就在他那里……他现在努力所要做的就是从自身之深底钓出这些丛生的巨物以使它们出现，而不是对它们作严密细致的观察以确定它们的性质。”对此，梅洛－庞蒂解释道：“比如说水……其本质不在于它可被观察出的性质，而在于，关于我们它到底向我们说了些什么。”（梅洛－庞蒂:《知觉的世界》）换而言之，诗所追问的，不是一种定义，而是一种理解。在这种缓慢的理解之中，主体与世界将达成一种辩证。

五、汉语新诗的目光

让我们换一个方式来看《夹在书里的一片树叶》。

一般来说，相比于诗人试图传达的东西，我更感兴趣的是诗人无意中表露的语气，他叹息的口型、运笔的速度，甚至他行走的节奏、他诗歌的呼吸中所含有的酒精含量……《夹在书里的一片树叶》最让我感兴趣的，就是诗人在诗歌中展现出的观看姿态。这首诗中，诗人用以观察这片树叶的，是一种“缠绕”的目光。从“脉络”到“边缘”，从“细长的柄”到“粗糙与光滑的两面”，诗人的目光，几乎是以一种肉搏的姿态同这片微小的树叶反复纠缠在一起。在树叶的每一个细节上，诗人的目光都停留一阵子，接着它继续游移下去。而诗所指向的理解，也正是在这缠绕的目光中不断推向远处。

这样一种利刃般所向披靡的目光，固然是诗人千锤百炼的成果，但从这目光中我们还能看到一些超出诗人个体的含义。一行在《“树”的诗学》中谈到过汉语新诗中“叶”的谱系。不过，很少有人注意到，“叶”的诗学或许比想象中要庞大得多。汉语新诗的目光捕捉到的第一片树叶，大概就是胡适《尝试集》中收录的《三溪路上大雪里一个红叶》。有趣的是，这也是一片树叶书签。《尝试集》十多首以物为中心的诗中，这首诗也最为典型：

雪色满空山，抬头忽见你！
我不知何故，心里狠欢喜；
踏雪摘下来，夹在小书里；
还想做首诗，写我欢喜的道理。
不料此理狠难写，抽出笔来还搁起。

从观看姿态的角度来看，胡适诗的姿态是一种仰视的姿态。这不是一个偶然，“双双飞上天”的“黄蝴蝶”、“在空中游戏”的“鸽子”、“杨柳高头”的“星儿”、

“蔚蓝的天上”那“两三片白云”……汉语新诗的第一位诗人，他所能看到的物体与他相隔的距离似乎总是那么遥远，他总是用这样一种仰视的姿态来观看这些物体。在观看的技术与诗歌写作的方法都远未成熟的历史阶段，正是天空，天然地同芜杂的地面生活划清了界限，并使个体事物因为其干干净净的背景而得到了视觉上的凸显，因而在一定程度上削弱了事物身上积重难返的意义体系，“仰视”才成为为新诗人提供指引和训练的绝佳契机。这或许就是“仰视”的观看姿态形成的缘由。而胡适之后，直到冯至、穆旦和郑敏等成熟的诗人那里，诗歌的目光才出现了质变。在他们那里，观看是一种“凝视”：

一切的形容、一切喧嚣
到你身边，有的就掉落，
有的化成了你的静默
（冯至：《十四行集·鼠曲草》）

当叛逆者穿过落叶之中，
瑟缩，变小，骄傲于自己的血
（穆旦：《控诉》）

重叠的叶片
那看不见的深处
（郑敏：《树林》）

在这样的背景下来看，胡弦诗中的这种缠绕的目光亦是新诗观看姿态的新的进展。这样的目光在现代时期的诗歌中几乎找不到，而在当代诗人如臧棣的《菠菜》《小蓟简史》、朱朱的《爬墙虎》《觅食的姿态》等诗作中则反复出现。值得一提的是，在汉语新诗目光的这种嬗变的背后，是里尔克灼热的双眼。里尔克继承自罗丹、塞尚的目光，深深影响了每一代中国诗人：

我在学习观察。我不知道这是为什么，但是每一种事物都在深深地刺入我的内部，并且不再在它们从前曾经停留的地方停驻。我有一个内在的自我，我自己

对它一无所知。现在，一切事物全都向着内部的远方深入。(里尔克:《马尔特手记》)

而在我所提到的这一谱系之外，萧开愚在《下雨——纪念克鲁泡特金》一诗中那经典的“俯视”姿态，在当代诗歌中形成另一股强有力的矫正力量。姜涛在他著名的《巴枯宁的手》中借萧开愚的这首诗对观看的姿态做过一个区分：卞之琳的和茅盾的，《断章》的与《子夜》的，概括地说，即内省的目光与伦理的目光。在我看来，萧开愚的俯视确实有他特殊的意味。据德塞都的研究，在实际具备俯视的能力之前，人们已经在想象中学会了俯视。“中世纪或文艺复兴时期的绘画通过某种观察的角度来描绘俯瞰中的城市，而这一角度事实上从未存在过”，这样一种“全览之眼”本质上是“想看到整个城市的愿望”“意欲透视一切的冲动”(德塞都:《日常生活实践》)。俯视之所以成为可能，不是因为世界提供了什么新的经验，而是因为近代科学，尤其是地理学和几何学的发展建立起了自信的主体——一个不再畏惧自然，而试图理解、控制和改造自然的主体。从这个角度来讲，萧开愚那俯视的目光，的确从属于茅盾的观看谱系——一种视自身为科学的历史哲学的诗学。

不过我并不认为这样两种观看谱系之间存在不可逾越的鸿沟。这样两种谱系的分野，亦对应了张伟栋卓越的洞察，1980年代以来种种新诗批评话语，以陈超“个人化历史想象力”为代表的当代诗学，更偏重于其表述的前端“个人化”而在另一端上有所欠缺，即“总体性的构想”(张伟栋:《修辞镜像中的历史诗学》)。这已然提示了可能性的存在：它们并非两条平行线——有一天它们将交会，当它们像一对眼睛，同时睁开。一对新诗的眼睛。

六、灵视者们

苏教版小学课本中有一篇课文讲福楼拜教莫泊桑如何“观看”，直到现在，我仍时时受益于福楼拜的引导。不过那毕竟是一篇小学课文，远未触及福楼拜超凡的才能。在观看的技艺上，福楼拜是一位深奥的大师。朱利安·巴恩斯的《福楼拜的鹦鹉》一书曾提到福楼拜的一个小秘密：很少有人注意到，爱玛眼睛的颜色在《包法利夫人》中并不一致，它们有时是棕色，有时是深灰色，有时是蓝色，好像它们随着爱玛的经历和心灵一同在变化。巴恩斯痛斥了那些机械论的、认为福楼拜“粗心大意”的学者们。另一篇小说《一颗简单的心》中，福楼拜将这种观看推演到极限。在瞎了眼的全福的心中，鹦鹉唧唧的标本并不像读者所看到的那样被虫蛀掉，断了一只翅膀，腹中的麻絮也散落出来，而依然是她能看见它时的模样，甚至闪耀着圣徒的光芒。在弥留之际，全福看到唧唧飞翔在天空中。这种观看所运用的显然不再是眼睛，而是心灵。

《列子·说符》中有一则更加高妙的故事。伯乐推荐九方皋接替他为秦穆公相马，九方皋给秦穆公求得一匹黄色的母马，秦穆公派人牵来，却是一匹黑色的公马。伯乐说九方皋相马的境界之高：“得其精而忘其粗，在其内而忘其外；见其所见，不见其所不见；视其所视，而遗其所不视。”换句话说，九方皋看到的是一种“真实”，不单是主体从物那里所接受的东西，还有主体在物那里的创造——一种理解。

有意思的是，塞林格在他的小说《抬高房梁，木匠们》中也提到了这一故事。妹妹弗兰妮十个月大的时候，哥哥西蒙就把九方皋相马当作睡前故事读给她听。而在小说中的“我”看来，圣者般的西蒙亦是一位九方皋，他死后再也没有人可以“代替他去寻马”了。西蒙的日记里讲到他觉得他的“手会因为触摸某些人而留下伤疤”，当他满怀着爱意抚摸弟弟妹妹的头，“某些脑袋，头发的某些颜色和质地，会在我手上留下永远的印记”；他抓住夏洛蒂黄色的棉布裙子，而“右手的掌心至今还有一个柠檬黄的印记”。

包慧怡谈王敖的诗时提到了伊丽莎白一世时代御用魔法师约翰·狄的“灵视盘”，“凝神其中便可与天使或精怪交流，询天问地，以答案改造现实”。诗人不应是一个秉持机械论的观察者，而应是一位“灵视”者。这并不是说心灵能够取代现实，而是说心灵应当拥有为事物的普遍性赋予其特殊性的能力，这种特殊性就存在于心灵与世界的关系之中。

这种超凡的观看，汉语新诗已经运用得非常熟练。臧棣的《蓝狮简史》一诗既展示了这种“灵视”，又展示了诗人对灵视的思考。诗中那“全身淬蓝”的狮子，就是这种超凡的观看本身：

它的兽性
更像一个轮廓，既不真实于
我们对未知事物的挑剔，
也不虚假于我们对自身无知

所做的暧昧的检讨。

七、汉语新诗的感觉

在一篇关于朱朱诗歌的论文中，我分析过朱朱诗歌的触觉。在我看来，感觉，作为现象学的第一步，在汉语新诗对物的追问旅程中占据了十分重要的位置。而汉语新诗诸种感官的发育，正如现代人一样残缺不全，蜷缩在斗室之中，全凭眼睛与耳朵认知着屏幕中的世界，听任其余感官退化。背后隐藏着的，则是视觉与听觉自柏拉图以来在西方文明史中的“霸权”。从这个角度来讲，朱朱诗歌的可贵在于他为汉语新诗打开了触觉的维度。视觉和听觉背后的存在论是一种预成论的存在论，而触觉的存在论则是互动论的，触觉既不是立刻就能“看”到物的整体，也不需要被动地等待物体的“声音”慢慢地完成传播。触觉性的主体参与物之中，存在是在互动中“持续涌现”出来的，主体对物的理解在触觉中是一种天然的辩证形式。

除触觉之外，味觉同样也表现为一种天然的辩证形式，而充当了汉语新诗之舌的诗人则是张枣。张枣在他的文章和访谈中多次提到了汉语之“甜”：

> 汉语是世界上最“甜美”的语言，它不是二元对立的……汉语的“甜”是一种元素的“甜”，不是甜蜜、感伤，而是一种土地的“甜”、绿色的“甜”。中国古代文化中的“天人合一”的思想就是“甜”的思想……中国古代诗歌的“甜”从来就是一种赞美。我认为人类的诗意是发自赞美，而不是发自讽刺。（张枣：《环保的同情，诗歌的赞美》）

敬文东详细地谈论过张枣诗歌和诗学中的味觉。在他看来，作为古典汉语最发达的感觉，味觉是汉语最独特的能力，汉语独一无二的“舔舐”能力意味着“同万物无缝交融，有如夫妻敦伦；更意味着汉语在‘尝’或者‘经过’万物时，必须辨味于万物：它之所欲不在物，在物之味与物之性，正如同滁州的醉翁之意”。

张枣提出汉语之甜的时候已是 2008 年。生命最后的十年中，张枣为我们留下的作品少得令人遗憾，满打满算不过 15 首，这中间还存在一个“几年”的写作空白（推测为 2005 年到 2007 年）。结合诗人的自述来看，写作的减产和空白恐怕不只是单纯的现象，还意味着诗人的写作遭遇了一些内在问题。在大致同样写于2008年左右的短文《枯坐》中张枣提到了自己那几年写作的困境：

忽然想起自己几年没写诗了，写不出，每次都被一种逼仄堵着，高兴不起来。而写诗是需要高兴的，一种枯坐似的高兴。

一边是对汉语之甜、汉语之赞美性的体悟，一边是自身的写作困境。此中存在的问题，恐怕需要另辟一篇文章才能去说明，它涉及张枣一直以来的写作方式同他归国后日渐焦灼的现实感受之间的落差。不过从味觉的层面去说，这一危机的根本原因，或许是张枣对汉语之“苦”避而不尝。张枣觉得即便哀怨如《离骚》，“最终”依然在“处理自身悲哀的同时，赞美了生存”。可问题是，诗并非“最终”。《诗经》《离骚》中饱含的生存之苦，与生命之甜始终旋绕在一起，构成汉语的基因密码。汉语的味觉，需要一根饱尝甜与苦的舌头。

（选自《诗刊》2021年2月号上半月刊“诗学广场”栏目）

季度观察

经验之诗：叙事与幻想颉颃

——2021 年春季诗歌观察

/ 钱文亮　胡威

自新冠肆虐，人类生活的方方面面均遭冲击，多元冲突加剧，熟悉的世界变得有些陌生，如何有效处理新旧混杂的现实经验并形成制服混乱的美学，成为诗人们面临的崭新考验。在此时刻，20 世纪 90 年代凸显的叙事诗学仍然以其包容性、转化力帮助着诗人们实现更新写作能力的追求。

一

本季度诗歌中，通过经验的重组或构建独异的幻象“为此刻署名”（娜夜），以敞亮日常中的诗意，成为许多诗人写作的首选。

包苞的组诗《巨大的寂静稀释人世的喧嚣》多以有根有情的现实生活做底，在觉醒的生命意识中体贴入微地书写乡村。《稻草人》一诗以空心村中狗的命运以及母狗阿黄对稻草人的依恋，巧妙而传神地状写出席卷中国的城市化浪潮带给乡村的巨大变化，堪称以小角度见大时代的佳作；而《去往苜蓿坪》一诗将带路的鸟儿比作“树荫里飞翔的石头”“枝条间探下的花朵”，将早晨的阳光喻为“森林的甜点”，将山间马蜂视为“堪舆大师”“建筑天才”……自如地表达了远离尘嚣的山水自然对于诗人心灵的涤荡以及由此释放出的自由愉悦的想象力。贺菁的《星空下》（组诗）在回忆的镜头中叙录成长中的细节，微妙的情感、生命的觉识往往与写实的叙事构成饱满的张力。吴素贞的组诗《五月物语》则从时间的流逝中对照生命，辨析自我。

在对“诗意”的理解上，苏仁聪显然与众不同，其组诗《坐在桉树林》似乎另写了一种自然主义的生活“风景”：断裂的砖头堆，杂乱且喧嚣的院坝，低矮的工人，闷热但没有雨的下午，没有电灯的夜晚，没有腿和手指的走读女孩……粗粝、滞重的生命感勾连着当下的存在感，年轻的苏仁聪带来了不无熟悉的陌生景观，频频撞击时尚的美学。

胡弦组诗《传说》经营着平静内敛的调子，和缓地讲述生命经验的暗涌，整体呈现了一种衰败萧条之感，人世的不定和生命的微茫总是在一个确定的地方发生。漂木、顽石、塑料花、夕阳、天鹅湖，流浪的荣光似乎在努力抓住一个最后的可把握之点，令人唏嘘。庞培组诗《房间》也取材于日常经验，有回忆，有遐思，也有现实的观照。让人难忘的是《陌生的声音》和《想起弗罗斯特》两首，感怀和致敬前辈诗人，在“人类感动的序列中分辨出”自己的悸动，以诗传诗，这也是更为广阔的胸怀和使命。甫跃辉组诗《人间诗稿》在人世无常的经验中叙事，诗思开阔。人间的深情在一个更低的俯身中留下了“大地和天空往返消息于虚心的草茎”。敕勒川组诗《碎瓷：细小的光芒》善于将叙事与抒情相结合，并能从细小中截取诗意的光芒。生活的琐碎总能在语言的炼金术中提炼出一份令人眼前一亮的美的揭示。林珊组诗《亲爱的鲁米先生》以“亲爱的鲁米先生”开头，模拟对话，倾诉衷肠，叙写生活中的日常经验，将内心细致入微的感受展露无遗。刘年组诗《江湖谣》叙述简练，真切洒脱，蓬勃出生活实感和生命质感。灯灯组诗《异乡人》则将自己的体验进一步深挖，将时间的流逝和个体的存在做了具象化处理。西娃近作在叙事化的讲述中剖白生活中的烦恼与忧伤，用独白式的口吻将生存的困窘与感动坦然说出，女性的细腻情思波动在语言的河流之上，一派真切自然。

还有一些诗人以对生命感受的深度开掘见长，往往能够通过细致的观察，触及物象的本质，召唤客观对应物现身，并将之纳入生命存在意义的阐释之中。

刘跃兵组诗《依恃自身而流淌的河》将内在的情思寄托在物象的捕获中，发酵的雨水、一棵落叶的树、惯性复活的河流都成为沉思的对象，客观对应物成为内在思想的驱动核心。

于成大组诗《秋天记》写得颇有古意，悲秋思乡萦绕于怀，古典意象穿插其间，黄菊、大雁、蟋蟀、苍耳、寒露、明月、山石、落叶等被诗人如巨川吐溪般缓缓倒出，语词的质感经过凉与瘦的具象化处理，渲染出一份哀而不伤的生命痛感。

霜白组诗《星空下我们的人世》展现了宇宙中个体的精神探索，时间、虚无、存在全在浩渺的星空之下化作了一张既空洞又清晰的地图。李继宗组诗《雪落在梅花上》颇有生命体验与哲思理趣，眼前皆事物，但却处处透出一番令人意会的深意。口语与留白结合，在空无之地"却看见，已经没有什么东西可扫"。宋志刚组诗《简历》善于放大个人的生命体验，旷野中的新坟、大风里的树叶、岳麓山顶的风都把诗人推向了思考的极端——一种永恒的体验。

二

意大利诗人马佐尼说："诗歌由虚构和想象的东西组成，因为它是以想象力为根据的。"对于日常经验的开掘并不意味着对想象力的放逐。相反，诗意的源头活水则来自诗人们在语言活动中的对常态生命感知的不断创造和对工具语言束缚的不断超越。

陈东东的《诗七首》鼓胀着古典与玄想的水露，真切的生命体验被构造为长短不一的诗节，语言的高品质输出也保证了情绪紧张与松弛的双向敞开。如《月亮》中理智与感性的诗性拥抱，《一个梦》里现实与梦境交织的诗剧拟态处理，《老姑娘》中现实与艺术冲突的拟人化赋形。词间的调配和节奏的行进相得益彰，显示了一种从容有余的都市现代性风貌。《蒋立波的诗》注重经验中语言的提升，具象与诗思的交叠和穿插，得体的隐喻从经验的转化中平滑而出，语言朴素，质感饱满，胜在巧思。尤其是诗中对词语与语言的元探索常逸出具体的时空之维，使得其诗歌写作"无意中朝向那'最高的虚构'"（《想象一块石头滚下山坡》）。

王敖《绝句选集》让人眼前一亮，与众多叙事和抒情相结合的经验诗不同，王敖的作品几乎弃绝了抒情和叙事，同时经验在其诗中也成为幻想的漂浮的基座或者想象力刺向现实的空无的刀柄。现代风格的节制的理性和后现代式的悖论的反讽相混合产生了一种"智识的崩溃"，这也是其诗作较难理解和进入的原因。选集中的诗作多为两节四行，每首诗题皆为"绝句"，短小精悍的模古诗形并未产生相应的古典性，反而与诗句内部的词语混搭产生了某种歧义的快感，如水晶机械、集体棒喝的捆绑火箭、翻车鱼、徒然花、划向深海火柴的动力、临床试验过的神、一箱箱让闪电挥空的黑材料。追逐词语的碰撞，在意识的流体上编织不规则的花环，创造"感性非现实"，去人性化，自我取消，具有一种理想性质的虚无主义。语言、诗、艺术的永恒和生命的易逝腐朽终在只言片语的《绝句》中得到了审美的和解。且看：

绝　句

为什么，星象大师，你看着我的
眼珠，仿佛那是世界的轮中轮，为什么

人生有缺憾，绝句有生命，而伟大的木匠
属于伟大的钉子；为什么，给我一个残忍的答案？

阿翔组诗《翱翔诗选》如同一块展览的微型景观，提供了一处一窥诗人内心的样板间。阿翔的诗有一种虚向或向虚的能力，无法捕捉的缥缈的情绪的氤氲氛围充溢诗作。即兴、散漫，任由语言不断地流淌，不断地冲刷内心的低地。意象流速较快，散射性、模糊状、无主题性成为其诗作的显著特色，因而单独看其中的某一首都会让人有种不尽其意之感。这种类乎意识流的写法很容易成为一种缺乏省思和对抗的沉湎个人晦暗之地的自娱自乐的妥协。

黄金明组诗《蜂鸟》显示了更多语词的延展性和可塑性，能指在出色的想象力的调配下进行重新组合，语言的新鲜感和陌生化让人欣喜。在《月光曲》中，诗人对"月亮"这一传统意象进行再造，如"月亮是一只坛子""月亮是一只白猫""月亮是西西里女人裸露的肩头""月亮是一台滚筒式洗衣机""被黑色履带牵引而飞速转动的金刚石砂轮""一叶白帆在海浪中浮沉"。同时，调动与月相关的人物，如李白、苏轼、佩索阿、博尔赫斯、但丁、周星驰、海因莱茵、阿西莫夫、阿姆斯特朗、嫦娥、吴刚，组成了一幅相当驳杂而又现代的意象图卷。语言本身与语言何为在诗的两节形制中产生了自然又倔强的弥合与分裂。此外，《回形针》《蜂鸟》等也内含有此种矛盾。

苏奇飞组诗《轻盈的精灵》展现了一种转化写作内在品质的能力，别致新颖的比喻、良好的节奏控制与语言的精确与分量感，这都成为其高效选择、分解与重组的途径。不乏深度的隐喻也成为他诗歌奇妙构思的内里核心。杨勇组诗《最近的距离》呈现了某种可贵的分裂性，这种分裂寄生在诗歌形成过程中，如同诗人偏爱的每行分为两个短句的形式。将思考智性化与将生活凝定化成为摆脱现实庸常的手段，在沉思和造型之间隐藏着诗人的“暴烈自我”。

此外，一些诗人并不追求语言的陌生化，而是在特定情境中制造令人惊讶的幻象。杜绿绿组诗《夜谈》将经验变形，编织出神秘的情节，好似令人费解的呓语。任性、童真混合着成人的绝望和悲哀。虽然并不从语言本身入手，但戏剧化的张力带来了叙述节奏的跳动，自白与追问交叠，幻想气质浓郁。

三

本季度中，一些诗人的创作具有独特的风貌，或飘逸不群，或执着以求，或古意高绝，或气象万千。诗人个体经验与诗学追求的差异沉淀出不同的美学气质，锻造出不同的精品力作。

西渡长诗《奔月》改编自古典神话故事，超越现实经验的重新演绎提供了新鲜的美学经验。颇有意味的是，与鲁迅《故事新编》中那个厌恶琐屑生活不甘窘境的嫦娥不同，西渡诗中的嫦娥则显得深情一片，丈夫的外出应酬而有家不归和备受冷落成了她终于选择了飞升离去的原因。在这里，西渡似乎恢复了传统古典神话故事中的被迫服下仙丹的嫦娥形象。当然，离去的原因并不相同，但有意识的回归对古代女子美德的想象性认同，回归古典审美倾向的创作动机是十分明显的。在当下的时代文化纵深处，这种“再改写”不仅仅是为了凸显“时代新女性”的情感追求和人格独立，更多的可能是诗人有意识地进入了一种“复古明道”的文化诗学的暗自求索之中。

高春林组诗《山水之际》并非一般的歌咏山川大河的山水诗，风物的描绘只是穿插在诗人处理个人与世界多维关系时的背景。不同的景观之地跃动着诗人寻觅与思辨的主体精神，大量“我”“我们”的运用具有很强的代入感，如“我是我的行星”“我是我的核心”“我是我行走的真身”“我是我的神明”“我是我的瞳眸”，再如“在小平饭店，我们饮下大海，/辽阔是我们酒杯里远行的船只。”“我们为什么赶着给自己建一个时间？/背负着它就像背负着某个碑石。”“子美还在划着他的船，让我们的词跟着摇晃，/以填补时间的空境。”诗人在饱览山川与凭吊古人的过程中寻找自我存在的证据，也正如其中诗句所写：“一个人必须在自己的历史/中明亮起来。人是必然的虚无，/历史的诗学也即未来的叙事。”（《在屈

子祠观画像》）

泉子组诗《鸿沟》的技巧和主题都相当单一，有时甚至略显笨拙。人世的苍茫和倏忽在路口、聊天、山水、林间、明月、断桥间循环复现，虽然情境不同、细节各异，但整体的氛围与格调却颇为一致。这种不断加重的重复并未形成一种无声的重负，也没有削弱书写的热情，反而在一种抵抗虚无之中使诗人获得了一种期待已久的“心满盈”状态。这种“一层淡淡的光晕”“你此刻头顶的满天繁星”“每一个瞬间的巨浪”“人世在那一刻依然的完整”“一个如此饱满之人世相称”无疑成为诗人强力个体的内心显现，无论是“向死而生”，还是“不知生焉知死”，都可看作儒道互补的精神内涵在明月“盈与缺”的原型意象中的当代阐释。

汤养宗组诗《空山与磷火》显示了一种大气独在的美学风貌。以抒怀为主，对“天地间最高秩序”的向往使其诗作能够跳出短暂生命的悲欢荣辱，将自身的浩渺之思倾注于个体独立存在中，如：“空山不见人。写到此，我便成了一个人。”

沉河组诗《一轮明月》古意缱绻，古典文人情怀在高山流水、东篱菊花、江边夜月、竹篮打水中明心见性，从抒怀复归讲述，也能见得“清洁的精神”并未散发“高处不胜寒”的幽冷，而多了几分生命圆融的温煦。

李元胜组诗《不确定的我》丰富了世界的复杂性，这种丰富并不是增加混乱的线条和颜色，而是将复杂归纳，并从中生长出一种令人信服的确认。这种讲述必然有博大的胸襟和纯然的心灵，简单委婉的语调，不急不缓的节奏，最在铺陈中铺陈，点破处点破。

一些优秀的青年诗人也在诗艺的锤炼中，不断贡献佳作，令人欣喜。

杨泽西组诗《晚祷》叙写童年往事与乡村经验，努力在现实中挖掘诗意。可贵的是诗人有意识地将这些经验与自身的写作联通，寻求自己写作的依据。这种自觉意识无疑增加了写作的难度和不断从艺术本质的角度获取滋养和提升的可能。

码头水鬼组诗《某个瞬间》精心营建内心的殿堂，短诗的制式使得这种殿堂更为精巧，温情、孤独、永恒与美沉淀于心，然后具象为简洁纯粹的诗行。或许如其《理由》一诗最后所言，“美，不能再多一个字——”。李浩《蒙面之城》《倦怠之诗》《失明症漫记》《偶记》等展现了都市人内心的空洞、恐惧、孤独、惶惑，冗长的诗句在断断续续的讲述中切中了这种内在的情绪蔓延。

此外，康雪《夜行人》中感受力和语言的精确，黍不语《每一个年轻的祖母》中叙述的节奏和张力，丫丫《时间片段》与余幼幼《橘子气味》中的想象力的独特，同样令人难忘。

里尔克说，诗是经验。但纯然的经验却并不是诗。如当“叙事性”作为一种策略而非审美品质时所显现的那样，大量扁平透明的叙事动作、不加选择的分行罗列、大段的对话陈述造成了诗歌审美独特性的丧失。叙事客观性的审美效果能够让读者从不同角度去感受“在场”，避免了诗人主体话语的压制和介入，也便于呈现当下复杂多变的生命经验。但我们也不能夸大叙事技巧的作用，尤其是如今网络空间繁荣与微信诗歌猛增，诗歌写作的平民化和大众化又一次迎来盛大的狂欢。如何保持“诗味儿”是每个严肃诗人都不可回避的问题。

德国哲学家卡西尔说：“想象不再是那种建立人的艺术界的特殊的人类活动，而具有了普遍的形而上学价值。诗的想象成了发现实在的唯一线索。”“诗的想象”是超越技术与物质社会中工具理性掌控的有效手段，诗歌中的幻想成分可以激活僵化的语言，从而为人类疲乏困倦的灵魂提供庇护。

注：本文资料来源主要为2021年春季（1—3月）的国内诗歌刊物，包括《江南诗》《诗刊》《星星诗刊》《扬子江诗刊》《诗林》《诗潮》《诗歌月刊》，以及综合性文学刊物《人民文学》《十月》《作家》《山花》《作品》等。除了作者姓名、诗题，诗作发表刊物与期数不再一一注明。

图书在版编目（C I P）数据

诗收获.2021年.夏之卷/ 雷平阳，李少君主编
. -- 武汉 : 长江文艺出版社, 2021.11
ISBN 978-7-5702-2460-9

Ⅰ. ①诗… Ⅱ. ①雷…②李… Ⅲ. ①诗集－中国－当代 Ⅳ. ①I227

中国版本图书馆CIP数据核字（2021）第221800号

策　　划：沉　河
责任编辑：王成晨　　责任校对：毛　娟
封面设计：马　滨　　责任印制：邱　莉　王光兴

出版：长江出版传媒　长江文艺出版社
地址：武汉市雄楚大街268号　　邮编：430070
发行：长江文艺出版社
http://www.cjlap.com
印刷：武汉市籍缘印刷厂

开本：720毫米×1020毫米　1/16　　印张：17
版次：2021年11月第1版　　2021年11月第1次印刷
行数：7504行

定价：49.00元